LO QUE ACECHA

MINICLANDESTINOS
Colección Noche de Pesadilla

«La emoción más antigua
y más intensa de la
humanidad es el miedo».

H. P. LOVECRAFT

Carmen Ruiz Gómez (Alicante, 2000) lee y escribe desde que tiene memoria. Le apasiona utilizar lo fantástico para explorar lo cotidiano. *Lo que acecha*, ganadora del I Premio Nacional Miniclandestinos «Orpheus 232», es su primera obra publicada.

Carmen
Ruiz Gómez

LO QUE ACECHA

ORPHEUS232
I PREMIO NACIONAL MINICLANDESTINOS

Obra ganadora 2024

ORPHEUS
EDICIONES CLANDESTINAS

© 2024 Carmen Ruiz Gómez
© 2024 Orpheus Ediciones Clandestinas

DISEÑO, ILUSTRACIONES Y EDICIÓN:

ORPHEUS EDICIONES CLANDESTINAS
Gijón, Asturias, España
editorial@orpheus.es
orpheus.es

ISBN: 978-84-196915-4-5

Este libro hace el número 126 del catálogo de ORPHEUS.

Impreso por Podiprint
Impreso en España | *Printed in Spain*
Gijón, Principado de Asturias (España), 2024

Para mi hermana, Inés Ruiz Gómez.

*Esta historia no existiría si
ella no me la hubiera pedido.*

AVISO DE CONTENIDO SENSIBLE
Puede contener detalles sobre la trama

Depresión, pensamientos intrusivos sobre autolesiones
y suicidio, autolesiones, disociación, mención de
violencia psiquiátrica, cortes, sangre, asesinato, ataque
de ansiedad, manipulación, luz de gas, amenaza de
suicidio, mención de violencia sexual.

1. ¿Estás segura?

Los pináculos de las torres alcanzan el cielo, azul asaeteado de gris en cuatro ocasiones, aunque para que fuera una herida faltaría el rojo. Lucy intenta evitarlo, pero igual que ha mirado arriba acaba mirando abajo: primero del suelo a los pináculos, ahora de los pináculos al suelo: el mismo recorrido que haría un cuerpo al caer. Audric, que va sentado frente a ella, abre la puerta y baja del carruaje. Su padre, a su derecha, dice en un susurro:

—Estás a tiempo de cambiar de opinión. —Y luego, aún más bajo—: No creo que esto sea lo mejor para ti.

Creía que había perdido la capacidad de ofenderse, pero aquí está la indignación pujando contra la desidia. Es tal el impulso, que Lucy se levanta con fuerza. Audric le tiende la mano para ayudarla a bajar, sabe que aceptarla molestará a su padre, así que eso hace. El cochero ha descargado sus dos baúles de mano de la parte trasera del carruaje y los ha dejado frente al portón de doble hoja coronado por un arco ojival.

—Me gustaría ver el interior —dice su padre mientras se apea—. ¿Le importa, De Luc?

Audric le sonríe ampliamente.

—En absoluto.

Saca, de uno de los bolsillos del gabán granate, un manojo de llaves. A Lucy se le desvía la vista a lo alto, a los pináculos, al cielo. ¿Habrá escaleras para llegar allí arriba? ¿Habrá…?

—Si no estás segura, podemos volver a casa.

Al mirar abajo, Audric ha cruzado el umbral, con ambos baúles cogidos de las asas, y su padre la está mirando con el ceño fruncido. Lucy inspira hondo. ¿Tanto se ha distraído, tanto se ha disociado? ¿Cuánto lleva ahí plantada mirando hacia arriba? Da un paso, luego otro, luego otro y ya ha cruzado el umbral.

—Sí que estoy segura.

Audric le sonríe; su padre la mira con pesar mientras cierra el portón. Una balconada a la que se accede por dos escaleras gemelas preside el vestíbulo. Audric emprende la subida por la de la derecha y ellos lo siguen: Lucy apoyándose en el pasamanos desde el principio. No han ascendido ni cinco escalones cuando su padre dice:

—¿Y el servicio?

—No tengo. No lo necesito.

—¿Cómo no va a tener servicio? Si este lugar es enorme.

—Yo solo me basto y me sobro. No se preocupe, me ocuparé personalmente de que su hija esté bien atendid…

—Y tan *personalmente*. ¿Se ha creído usted que soy idiota? ¿Hace falta que le diga lo inapropiado que resulta que una joven soltera se quede a solas, sin carabina ni servicio, con…?

Audric se detiene de golpe y se gira a mirarlo. Su padre casi se choca contra él.

—¿Qué pretende, señor Wright?

—¿Disculpe?

—¿Qué pretende: contentar a la gente o ayudar a que mejore la salud de su hija? Porque yo estoy aquí para lo segundo. Si ella estima que necesita servicio, iré al pueblo y tendrá servicio. Estaba usted presente cuando me confió que, a menor cantidad de gente con la que lidiar, más tranquilo tiene el ánimo, por eso no habrá nadie aparte de mí.

Su padre se ha quedado rígido.

—¿Insinúa usted que no quiero ayudar a mi hija?

—No se me ocurriría. Dígamelo usted: ¿quiere ayudarla?

—Por supuesto que sí —farfulla él—. De lo contrario no estaríamos aquí.

—Entonces esto no será un problema.

—No creo que le convenga aislarse tanto…

—¿Ahora no me conviene? —Lucy no puede evitarlo, sabe que empeorará la discusión, pero no puede evitarlo: la extenuación dando rienda suelta a la rabia—. No decías lo mismo cuando querías prometerme. Ahí un ambiente doméstico y recogido era *ideal* para mí. —Debería callarse, debería callarse, debería call…—. Te da miedo que nos acostemos, ¿a que sí? Dios te libre de que tu única hija *disfrute* antes del matrimonio. Preferirías que me hubiera casado con Elías…

—Yo *nunca*…

—… así nadie habría podido juzgarte…

—… la opinión de la gente me trae sin cuidado…

—… preferirías que fuera su esposa aun a la fuerza…

—¡Basta! —El grito enmudece el vestíbulo. Su padre está rojo de ira—. No vuelvas a decir eso nunca más. Quiero lo mejor para ti, como siempre lo he querido. A ese impresentable lo eché al primer atisbo de indecencia; harías bien en recordarlo. ¿Quieres saber lo que me preocupa? Me preocupa que estás frágil y deliras. Me preocupa dejarte sola en este estado con un desconocido. Me preocupa que se aproveche de ti en mi ausencia. Me preocupa que irme sea un error.

Lucy cierra los ojos y se apoya contra el pasamanos. El mismo discurso de siempre. El mismo discurso que acaba siempre en la misma conclusión: estaría mejor cerca de casa, pero no en casa, porque eso no funciona. Estaría mejor donde pudieran vigilarla y controlarla y *contenerla...*

—Como ya le he dicho en otras ocasiones —dice Audric con voz suave—, no tengo ninguna intención de cortejar a su hija. Nos conocemos desde hace más de un año y la considero...

—Mediante epístolas —farfulla su padre—. El papel se da a las mentiras.

Audric tuerce el gesto.

—El carruaje le está esperando.

—Que espere. Quiero ver su cuarto, a ver si sus maneras de anfitrión son tal y como las presume.

Audric chasquea la lengua y reanuda la marcha. La escalera deja paso a un corredor amplio de paredes de piedra.

—Está junto a la mía —dice el anfitrión mientras abre una puerta con grabados florales en la madera oscura—, que es esa de ahí, por si necesitara algo. — Entra y su padre lo sigue. Lucy se queda en el umbral, apoyada en la puerta. En el centro de la estancia, una cama protegida por un dosel rojo; a la derecha, un armario que dobla en tamaño al del cuarto de su casa; a la izquierda, un tocador negro con un espejo amplísimo; en la pared opuesta, un ventanal bajo el que se encuentra un escritorio. Audric deja ambos baúles al pie de la cama—. ¿Quiere ver algo más?

Su padre la mira a ella y ella clava la mirada en el suelo.

—¿Estás segura de que no quieres que me quede esta noche?

¿Que si está segura? Cuanto antes se vaya, mejor.

—Sí.

Su padre mira en derredor, como buscando en los muebles un defecto al que anclarse; al rato deja caer los hombros, derrotado, y se acerca a ella. Lucy no le devuelve el abrazo.

—Escríbeme cada semana —dice, más una orden que una petición, al separarse de ella—. Avísame si necesitas que venga…

—Sí.

Suspira. A Audric le tiende la mano y él se la estrecha.

—Cuídela bien. —Más orden que la anterior, más amenaza que orden.

—Es todo cuanto pretendo. Le acompaño abajo.

Lucy se aparta para dejarlos pasar y, una vez sola, se sienta en el borde de la cama. Debería empezar a deshacer el equipaje, a recolocar sus cosas en estos nuevos lugares, ¿no?, pero se le antoja tan difícil, tan inacabarcable…

—Ya se ha ido. —Audric lo dice desde el pasillo y acto seguido se apoya en la puerta—. ¿Cómo estás?

¿Cómo va a estar? Mal. Mal, pero decirlo así se le antoja un insulto a su hospitalidad, así que Lucy se encoge de hombros y dice:

—Gracias por defenderme.

Audric le sonríe con suavidad.

—Para eso estoy aquí. ¿Te gusta la habitación?

—Sí.

—Me alegro. La cama está recién cambiada y hay sábanas y mantas en el último cajón del armario, por si te hicieran falta. Y en cuanto al servicio, si lo echas en falta, no dudes en decírmelo. El dinero no es problema. Si quieres... no sé, una ayudante de cámara, por ejemplo...

—No, no. —Nada peor que una desconocida hurgando en el porqué de las cicatrices, preguntando, preguntando, preguntando cada vez que la ayudara a vestirse o desvestirse—. Lo prefiero así. Aprecio... aprecio mucho no tener que dar explicaciones a nadie.

—Estás aquí de retiro. Faltaría más. —La mira a los ojos y traga saliva—. Quiero que sepas que aquí no tienes que cubrirte. No quiero que te sientas obligada ni avergonzada... —Niega con la cabeza—. Lo que quiero decir es que no me importa verte las cicatrices.

Ah, las cicatrices, esas que ahora arden como si aún fueran heridas abiertas. ¿Por qué ha tenido que mencionarlo?

—Prefiero no hablar de ello.

—No, ya, no volveré a sacar el tema, pero quería decírtelo.

—Ya. Gracias.

Audric asiente con la cabeza.

—¿Te parece si hacemos un trato?

A Lucy se le tensa la espalda.

—¿Un trato?

—Sí. Tómate este retiro como un empezar de cero. Acude a mí siempre que lo necesites para hacerlo realidad: ninguna herida en esta segunda oportunidad.

Ah. Lucy se mira las manos, los brazos cubiertos por las mangas del vestido granate hasta las muñecas. No esperaba que fuera algo tan categórico. ¿Es esta la idea que tiene de cómo será su estancia aquí? ¿Una recuperación rápida, lineal, sin complicaciones? ¿Fácil, tan fácil como alejarse de su entorno y poner fuerza de voluntad en cumplir un trato?

Tal vez esto sí sea un error.

—No… no sé si puedo prometer…

—No pretendo que no vuelvas a hacerte daño —replica Audric al verla dudar—. Bueno, sí… Cómo expresarlo…, no quiero que me malentiendas… Espero que no vuelvas a hacerte daño, porque eso significaría que estás mejor, pero no voy a juzgarte ni a culpabilizarte si lo haces. Sé que estas cosas no son fáciles. Simplemente… Quiero ayudarte y sé que eso tampoco es fácil y pensé que lo del trato podría ser una buena idea, una buena forma de planteártelo, pero si no te lo parece nos olvidamos de ello.

Ah. ¿Cómo ha podido pensar que esto ha sido un error?

—Si lo planteas así… vale.

Audric le sonríe.

—Estupendo. ¿Quieres que te ayude a instalarte?

—Por favor, sí.

2. Mentiras

E l papel se da a las mentiras. Lucy no puede evitar recordarlo mientras Audric termina de doblar el primero de sus camisones y lo guarda en el armario. Nada en su expresión ha cambiado respecto a cuando colocaba la ropa diurna; pero podría ser todo fachada. El papel se da a las mentiras. Pero no tendría sentido, ¿verdad? No: Audric no le ha mentido en nada...

—Ten.

Ah, le está tendiendo el espejo de mano por el mango, con el vidrio girado hacia el suelo. Lucy, en vez de estirar el brazo, se queda quieta junto al tocador.

—Déjalo guardado, este es mucho más cómodo.

Audric asiente y obedece. Los baúles se vacían al cabo de unos minutos, las prendas colocadas en el armario por él, las joyas en el tocador y los libros anotados y cuadernos en blanco en el escritorio, por ella.

—¿Has echado algo en falta?

—No.

—Me alegro. —Audric coloca los baúles al pie de la cama, uno encima del otro—. Quiero pedirte… ni siquiera puede llamarse favor, de lo nimio que es. Llámame Claude. No te lo he dicho hasta ahora porque no quería hacerlo delante de tu padre.

Claude. ¿Por eso la ce de su despedida en todas las cartas, «Tu amistad eterna, Audric C. de Luc»? Lucy le sonríe, acto reflejo para esconder el nerviosismo. Había asumido que su segundo nombre le disgustaría, no que lo reservaría para utilizarlo en confianza.

Había asumido que *ella* no sería merecedora de su confianza.

—Vale.

La primera mentira: su nombre.

Claude sonríe y le tiende el brazo.

—Me gustaría enseñarte el castillo.

Lucy entrelaza un brazo con el de él, intentando no pensar en los pináculos de las torres.

—Vale.

Le muestra vidrieras que tiñen la luz dorada de un centenar de colores diferentes, arrojando al interior del castillo un arcoíris magnífico; pasillos interminables enlazados unos con otros con otros con otros con otros; las escaleras de caracol que ascienden a cada una de las torres que se elevan al cielo. Lucy se esfuerza por olvidar la ubicación de estas últimas.

—Mira, esta es la capilla.

Lucy se queda rígida. Una segunda mentira.

—Pensaba que no eras religioso.

—Yo no, pero mis antepasados sí. Es preciosa por dentro, sobre todo la talla del Cristo. ¿No quieres verla?

A Lucy le pica todo. El Cristo, probablemente crucificado y mirando al frente, a los bancos, a los fieles, a ella…, y la mentira… la mentira…

—Tal vez en otro momento…

—Claro, sí, cuando quieras. Al llevar la cruz, pensaba…

La cruz. ¿La cruz? ¿No se la había quitado y guardado en el cajón del tocador? No: al mirar abajo sigue ahí, colgada de su cuello, la plata sobre la piel blanca.

—Fue un regalo de mi padre, por eso la llevo.

—«Por eso se me olvida quitármela».

—Ah. —Lo siguiente es el comedor, un salón amplísimo con una mesa en la que cabría un banquete entero coronado por una lámpara de araña. Por los ventanales sin tintar se cuela la luz rojiza del atardecer—. ¿Tienes hambre?

—No mucha —aunque «ninguna» sería más apropiado—, pero cenaré de todos modos. ¿La cocinera viene y va o…?

Otra mentira. Si la cocinera viene y va, lo de no tener servicio era otra mentira y ya son tres. Ya son tres mentiras.

—Querida Lucy, ¿por quién me tomas? —Claude sonríe y le besa la mano en un gesto teatral—. Voy a cocinarte yo.

—Ah.

Lucy le sonríe. Él mueve la silla que preside la mesa para ella, Lucy se sienta y él se retira a la cocina. Intenta no pensar mucho en la incomodidad que le ha provocado la mención de la capilla. Tamborilea con los dedos sobre la madera oscura de la mesa hasta que Claude vuelve con un plato de tajadas de pato con gajos de naranja como acompañamiento y una copa. A Lucy se le encoge el estómago cuando deja ambas cosas delante de ella.

Claude vuelve a marcharse y regresa con una jarra con agua:

—Espero que te guste. —Se sienta a su derecha con una sonrisa que deja paso a la seriedad en un instante—. ¿Estás bien?

¿Tanto se le nota en la cara?

—Sí, sí, es que… —Traga saliva—. Te has esforzado mucho y no… voy a comer por comer, ni siquiera tengo hambre. Ni siquiera puedo… Hace meses que la comida me sabe toda igual, plana…, ni de eso puedo disfrutar ya… Te has esforzado demasiado…

Claude coloca una mano sobre su derecha. El frío la hace dejar de hablar.

—Lucy, te mereces lo mejor aunque no seas capaz de disfrutarlo del todo. Ya lo sabía, me lo dijiste por carta, ¿no te acuerdas? Como bien dices, tienes que comer y *me alegro* de que lo hagas aunque no tengas hambre. Me alegro de que hayas conseguido dejar de usarlo para castigarte y debilitarte con la esperanza de que te acercara a la muerte. —Le aprieta la mano y ella se estremece. ¿Cómo es posible que no la juzgue por nada? No se lo merece—. Yo tampoco le encuentro sabor a la comida desde hace mucho, si te consuela.

Lucy reúne el coraje para mirarlo a los ojos, castaños como los suyos.

—Lo siento.

Claude se encoge de hombros.

—Ya estoy acostumbrado. Anhedonia es muy poco poético; yo la llamo la muerte de los placeres. Pero en tu caso espero que puedan revivir y, si lo hacen, mejor será haberte cuidado y haber vivido a cuerpo de reina.

Tiene razón. Tiene razón y sin embargo no se percata de la ausencia de otro plato hasta que termina, con Claude sonriendo después de que haya alabado su cocina.

—Tú también deberías cenar.

—Ya lo he hecho. Prefiero no comer delante de otra gente, por mucha confianza que te tenga… ¿Te importa?

—No, claro. Es que no quiero que te descuides por cuidarme a mí.

—Descuida. No lo haré.

Claude helado, Claude tan incapaz de disfrutar como ella, Claude no queriendo comer delante de nadie; Claude, un misterio. ¿Es esta la tercera mentira? No. No, no estaría bien presionarlo para que le contara sus aflicciones, no puede considerarse mentira ocultar algo tan íntimo, tan privado. Si él se hubiera inmiscuido en sus pesares cuando no estaba preparada para compartilos, lo odiaría. No hay mentira aquí.

No hay mentira aquí y sin embargo ya son dos. ¿Qué más escondía el papel?

Claude recoge la mesa y suben juntos al pasillo de sus habitaciones. En la puerta, él se inclina para besarle la mano.

—Buenas noches, Lucy. Que no te dé reparo avisarme si necesitas cualquier cosa. Tengo el sueño muy fácil.

—Gracias. Buenas noches.

Echa el pestillo de la puerta, se dirige al armario y deja un camisón sobre la cama. Inspira hondo, con las manos en el cierre lateral del vestido. Nadie está mirando. Nadie está mirando. Nadie está mirando y nadie va a juzgarla.

Mentira: ella misma está mirando y sí va a juzgarse. Las cicatrices arden en cuanto posa los ojos sobre ellas, marcas de longitudes variadas en el limitado espacio que hay entre la muñeca y el codo del brazo izquierdo. Ah, pero no deberían ser cicatrices, deberían ser heridas abiertas. No *son* cicatrices, de hecho: ahí, *ahí* están los cortes recién hechos y la sangre goteando y el filo en la otra mano y el dolor, castigo y alivio a un tiempo.

Lo vívido del recuerdo la deja sin aliento. No. No, ha sido un día… no bueno, pero tampoco horrible. No ha sido un día horrible y las cicatrices son cicatrices y deja el vestido sobre la cama y se pasa el camisón por la cabeza y cuando estira la manga hasta la muñeca sigue doliendo, pero ya no tiene que verlas. Las tiene ahí, grabadas a fuego tras los párpados, pero ya no tiene que verlas. Termina de colocarse el camisón, traslada el vestido al armario y se tumba en la cama.

No ha sido un día horrible. Aunque la noche sí lo sea, el día no lo ha sido, que ya es más de lo que puede decir de los últimos meses en casa. Aunque la espere el desvelo o, peor, las pesadillas, no ha sido un día horrible.

3. La memoria perdida

No sabría decir el tiempo que lleva sentada frente al tocador, los ojos fijos en el reflejo de la plata sobre el pecho, los dedos rozando el cierre del colgante, intentando decidir si dejarse la cruz colgada del cuello o arrancársela de un tirón y desterrarla para siempre. Así la halla Claude tras llamar a la puerta y que ella le dé permiso para entrar. Sus ojos se encuentran en el reflejo.

—¿Cómo has pasado la noche? —pregunta él.

—Mal, pero ahora estoy un poco mejor. ¿Y tú?

—Bien. Esa cruz es de plata, ¿verdad?

—Sí. ¿Por?

Claude se encoge de hombros.

—Curiosidad. ¿Vas a quitártela?

Lucy traga saliva.

—No sé si debería.

—¿Por qué no?

¿Puede confiárselo? ¿Puede confiárselo cuando el papel se da a las mentiras y el papel era todo lo que tenían y ya ha detectado dos? ¿Y si todo esto es otra mentira?

«Ya lo sabía —le dijo Claude anoche, en la cena—, me lo dijiste por carta, ¿no te acuerdas?».

Peor: ¿y si no hay mentira, sino solo su incapacidad para recordar? Porque no se acuerda. Recuerda escribirle, sí, y recibir cartas suyas, pero no su contenido. ¿Y si lo que cree mentiras son en realidad intimidades confiadas en la privacidad del papel, secretos que debería saber, pero ha olvidado? ¿Cuánta confianza construyeron en tinta?

Cuando Claude se plantó en su puerta alegando preocupación porque hacía dos meses que no sabía nada de ella, ¿fue porque ella le instruyó para que lo hiciera si alguna vez dejaba de escribirle sin motivo, en previsión de lo inevitable? Su sorpresa y su antipatía iniciales debieron sorprenderle, entonces. ¿O fue un gesto espontáneo? Ojalá sentir extrañeza al tenerlo al lado, ojalá fuera difícil asimilar su existencia como una presencia sólida y no un puñado de tinta sobre el papel, pero lo que siente es simplemente desconfianza ante un desconocido.

Pero no es ningún desconocido. Cuando sus epístolas se convirtieron en frecuentes y las firmas mutaron de «Audric C. de Luc» y «Lucy Wright» a «Tu amistad eterna, Audric C. de Luc» y «Tu amiga, Lucy», él le envió un retrato con una nota que decía: «Para que me conozcas plenamente, como yo a ti». Debían tenerse confianza, *mucha* confianza; Dios, pero si la ha acogido en su propia casa y la está cuidando personalmente; y ella sin acordarse de nada, sabiendo que lo conoce y nada más. ¿Hasta qué punto se abrió a él? ¿Hasta qué punto le confió sus tumultos, sus dolores y sus miedos? Sabía lo de las cicatrices, lo sabía desde el principio, pero ¿qué más?

—¿Lucy?

Si sabía lo de las cicatrices, lo de las heridas, es que confiaba *muchísimo* en él. Es que puede confiárselo *todo*.

Aun con esa certeza latiéndole en el pecho le cuesta reunir el coraje para decir:

—Tengo… que contarte algo.

Claude se yergue.

—Dime.

Lucy inspira hondo. No lo mira al decir:

—No me acuerdo de nuestras cartas.

Un silencio.

—¿De qué no te acuerdas?

Le avergüenza decir:

—De nada. Sé… sé que llevábamos tiempo escribiéndonos y que nos teníamos mucha confianza, pero más allá de eso… Cada vez me olvido más…

—Las tengo todas.

Lucy intenta encontrarle sentido a la interrupción. ¿Que tiene el qué?

—¿Qué?

—Tengo todas tus cartas. Eso es lo que te inquieta, ¿no? No saber qué sé, qué me has contado. —Claude echa a andar hacia la puerta—. Espera un momento, te las traigo.

A Lucy se le acelera el pulso.

—No hace falta.

—No me cuesta nada…

—Da igual.

—Claro que no da…

No queda más remedio que admitirlo:

—No voy a poder leerlas.

Claude se detiene en seco junto a la puerta.

—¿Por qué no?

Lucy se mira las manos.

—Porque no puedo… ya no puedo concentrarme para leer…

—Ah, no te preocupes por eso. Puedo leértelas yo.

«Puedo leértelas yo». Lucy se queda inmóvil, incapaz de procesarlo del todo, hasta que Claude vuelve con un fardo de misivas escritas con su caligrafía y firmadas por ella y se ofrece a leérselas de nuevo, cuando quiera. «Ahora», musita ella, incapaz de creerse que tiene, frente a ella, el testimonio clave para reconstruir parte de la memoria perdida y dejar de sentirse tan extraviada en el olvido. Claude se sienta en el borde de la cama. Lee despacio, repite cuanto se lo pide y aclara y explica cuando su expresión le da a entender que se ha perdido; sobre todo cuando la carta responde a una de él, ocasiones en las que tiene que hacer memoria para recordar de qué trataba el asunto. Lucy lo escucha desde la butaca del tocador. Ah, así que llegó a contarle lo de las reuniones en casa de lady Natalie, poesía y teatro y música y danza y pintura y cualquier arte siendo bienvenida, la casa llena exclusivamente de mujeres; y también lo de Ann, lo bien que pintaba, lo bonita que era su sonrisa. Lo enamorada que estaba de ella. Es verdad: llegó a confiárselo, es la única persona a la que se lo ha contado.

—Deben echarte de menos —comenta Claude al terminar la frase.

—¿Quiénes?

—Todas. Ayer fue domingo, se reunirían sin ti.

Lucy se mira las manos.

—No creo.

—Yo sé que sí. Son amigas tuyas.

Ella niega con la cabeza.

—Hace mucho que no voy.

—¿Pasó algo?

«Yo». Podría hablarle de cómo las sonrisas y los cumplidos de Natalie se tornaron burlas y ofensas, de las crisis cada noche de sábado y cada tarde de domingo, en anticipación y en rememoración, pero no quiere. No quiere tener que relatar que las sonrisas seguían siendo sonrisas y los cumplidos seguían siendo cumplidos, que no había ningún deje oculto en su tono ni segunda intención en sus gestos, que la interpretación de sus actos como burlas y ofensas era enteramente suya, que la certeza de que la odiaban era errónea a pesar de ser certeza. «Me odian». «Me odian, me odian, me odian, me odian, me odian». ¿Cómo iban a apreciarla, si no la aprecia ni su padre? ¿Cómo iban a apreciarla si ni siquiera se aprecia ella misma?

«Me odian y con razón. Me odian y debería morirme. Me odian y debería matarme».

Ojalá poder librarse de estas intrusiones en el pensamiento.

—No —se limita a contestar—. Sigue.

Y Claude sigue. Lucy se encoge ante la primera mención de esto, «un pozo de tristeza que ya me es conocido, una aflicción del ánimo y un abatimiento que me han avasallado de nuevo en la última semana». Luego llega el relato de echar el pestillo de su cuarto por miedo a que vengan a sacarla a rastras mientras duerme, a despertar encerrada e inmovilizada por las correas, a tener que sufrir una tortura en uno de esos *hospitales* de los que nadie sale mejor de lo que entró.

Su padre. Su padre nunca le haría eso.

¿O sí? ¿Acaso no lo hacen los padres de todos los que encierran allí? Cuidado convertido en perjuicio, cariño convertido en hartazgo.

—¿Quieres que pare? —pregunta Claude.

«No lo sé».

—¿Quedan muchas?

—Cinco. Son todas bastante cortas.

—Entonces sí.

Claude asiente con la cabeza y deja la carta que estaba leyendo sobre el montón que ha formado a su lado, con las demás.

—Al final te has dejado la cruz puesta.

Ah, sí. Pero ahora ya sabe que puede preguntárselo:

—¿Tú crees que debería quitármela?

—Yo no soy creyente, así que no la llevaría puesta, pero tú… —Claude la mira con melancolía infinita—. Es algo muy personal. ¿Por qué decías que no sabes si deberías hacerlo?

Lucy mira la cruz en el reflejo.

—Sé que no soy digna del cielo. Sé que… a pesar de que Cristo se sacrificara por todos nosotros, por nuestros pecados… sé que *yo* no lo soy. Sé que mi existencia misma me hace indigna…

—Es el cielo el que no es digno de ti. —Claude tiene los puños apretados de rabia—. Al diablo con eso, al diablo con *todo*. Si somos indignos por *ser*, ¿qué son ellos? —Se levanta y le coge las manos, frío, frío como las puertas del cielo mismas—. No soy creyente, ya lo sabes. No creo que Dios nos haya abandonado; creo que nunca ha existido, que lo inventaron para creerse dignos de algo. Pero por Dios mismo, Lucy, escúchame: si existiera, no merecía la pena. Si existiera, subiría a uno de los pináculos de mis torres para asaltar el Edén, matar a todos los ángeles y quemarlo hasta que solo quedaran cenizas. Te mereces la tierra y la vida y

34

disfrutarlo *todo*. Mírate. Llevas la tierra en el color de los ojos, la tierra eternamente fértil y cambiante y dadora de *vida*. Ningún paraíso podría compararse con eso. Al diablo con ellos. Es el cielo el que no te merece a ti.

Lucy se lo queda mirando, inmóvil, helada. ¿Qué puede contestar a eso, a tal compendio de blasfemias que no podría haberla cautivado más? Bajo la cruz, el propio corazón latiendo con fuerza ante la idea de ser *suficiente*. «Si *somos* indignos por ser…».

—¿Por qué eres indigno tú?

Claude sonríe con tristeza.

—Por muchas cosas. Pero pensaba lo mismo cuando aún era digno. Mi hermana era monja y cómo lo odiaba…

—¿Tienes una hermana?

—Tenía. Falleció hace tiempo.

—Lo siento.

Él le sonríe con suavidad.

—Gracias. —Luego sonríe de nuevo, esta vez con más alegría—. Vas a tener que inventarte algo para la próxima carta a tu padre —ríe—, porque como le digas que nos estamos cuestionando la existencia de Dios…

Lucy no es capaz de reírse, porque es verdad. Prometió que le escribiría una vez por semana y para eso solo quedan seis días. Seis días. Seis días y la carta debe ser perfecta para que no se arrepienta de haberla dejado venir, para que no se plante en la puerta y le exija volver a casa. Seis días. Seis, seis, seis. Pasa mañana y tarde dándole vueltas a cómo empezarla, la noche en vela, y ya son cinco. La mañana, en la cama; la tarde, Claude tira de ella para dar un paseo por los alrededores, sin llegar al pueblo, solo ellos y la naturaleza que nunca está callada. Y luego la noche y luego quedan cuatro. Claude debe verla tan mal que se acerca a abrazarla y ella se aferra al frío por aferrarse a algo.

—No creo que debas darle muchas vueltas. Tu padre quiere lo mejor para ti. No creo que te dejara venir para reclamarte a la primera semana…

—¿Y si sí? ¿Y si me hace volver *ya*?

—Yo intentaría convencerlo…

—¿Y si no puedes?

Claude chasquea la lengua.

—No lo sé, Lucy, pero si sigues así no vas a poder disfrutar ni siquiera de esta semana. ¿Quieres que demos un paseo? Te vendrá bien tomar el aire…

Pero es igual, porque sigue teniendo que escribir la carta. Esa tarde, a solo cuatro días de tener que enviarla, se sienta al escritorio y escribe la primera línea: «Querido padre». Querido padre. ¿Querido padre? ¿Es querido? ¿Lo quiere ella? ¿La quiere él a ella? Sí, ¿no? Está allí y es lo que quería. La ha dejado venir. Pero eso no significa que la quiera. Eso no significa… Querido padre, querido padre, querido padre, querido padre, querido padre. ¿Responderá? ¿Empezará «querida hija» o, simplemente, «querida Lucy»? ¿O «querida Lucy Wright»? Eso sería peor.

No sabría decir si esa noche la pasa desvelada o entre pesadillas.

Su padre está ahí, diciéndole que no es suficiente, y cuando abre los ojos ya no está; ¿recuerdo o pesadilla? Luego, su padre diciendo que es débil por sucumbir a los impulsos, por las heridas; ¿recuerdo o pesadilla? Luego, diciendo que para tener una hija como ella más valdría que no hubiera nacido. ¿Recuerdo o recuerdo?

Luego, Claude diciéndole que es patética y merece morir. Pesadilla. Pesadilla, sin duda. Lo que se merece, en palabras de Claude, es la vida.

Luego, Claude tocando a la puerta, ella dejándole pasar con un hilo de voz, él sentándose en el borde de la cama y cogiéndole una mano.

—¿Estás bien?

¿Recuerdo o pesadilla?

—No sé si estoy soñando.

—¿Cómo puedes no saberlo?

Lucy cierra los ojos.

—Abro los ojos y veo y escucho cosas. Podría ser un recuerdo revivido y algo adulterado por el paso del tiempo; podría estar soñando. O podría estar imaginándomelo todo.

Es verdad, esa es otra opción: ¿recuerdo, pesadilla o alucinación?

—¿Alguna vez te has imaginado algo de este calibre?

—No, pero a algunas personas les pasa.

—Te aseguro que no estás soñando ni imaginándotelo.

A Lucy se le escapa una risa triste.

—Ojalá eso sirviera de algo. —Se incorpora un poco para mirar su mano entrelazada con la de Claude, calor y frío, palidez sobre blancor—. No sé si mi padre me quiere.

—Sí que te quiere.

—Pero nunca me lo ha dicho. —Querido padre, querido padre, querido padre, querido padre…—. No, lo que pasa es que no me acuerdo. —Eso es peor. Eso es *muchísimo* peor—. ¿Cómo puedo no acordarme de algo así? —¿Cómo es posible que Claude la mire así, con serenidad, incluso ahora? Le suelta la mano, se gira para darle la espalda y cierra los ojos. No se lo merece—. Estoy agotada. Estoy agotada de algo de lo que no puedo descansar, de estar *así*. Estoy agotada de *ser*.

—Lucy... Si todo esto es por la carta...

—No es *solo* por la carta.

—Lo sé. Lo sé. Pero ahora mismo sí es por la carta, ¿verdad? Estabas bien y...

—¿Qué más da por qué sea? El caso es que estoy *así*.

—Pues porque, si es por la carta, puedo ayudarte a escribirla.

Lucy se gira para mirarlo.

—¿De verdad?

—Claro. Luego tendrás que escribirla tú, claro, y así podrás cambiar lo que quieras..., pero sí, ¿por qué no? —Claude se levanta, va hasta el escritorio y pasa un par de minutos ahí, entre pensando y rasgando el papel con la pluma—. Ya está. Puedes leerla, modificarla y copiarla cuando estés mejor.

Lucy se apoya en los codos para incorporarse, sin aliento.

—No sé qué haría sin ti.

Claude sonríe y le da un beso en el pelo.

—Ni yo sin ti.

La oficina postal está a la entrada del pueblo y Claude ha insistido en ir andando alegando que el paseo le vendría bien. Sin embargo, casi llegando a la puerta, se detiene.

—Pasa tú. Yo no soy bienvenido ahí dentro.

—¿Qué? ¿Por qué?

La expresión de Claude pasa de la molestia al asco.

—Pregúntaselo a ellos. Yo no puedo ser mejor anfitrión, siempre que necesitan algo se lo proveo, y aun así no son capaces de devolver un mínimo de cortesía y hospitalidad. Pues ellos se lo pierden. Pasa tú, te espero aquí.

Lucy traga saliva y asiente con la cabeza. Le tiembla la mano al abrir la puerta. El interior está vacío salvo por una mujer rubia tras un mostrador.

—La señorita Wright, ¿cierto?

—S-sí. ¿Cómo lo sabe?

—¿Eh? Pues porque me lo dijo el señor Anderson y la he visto llegar con el señor de Luc. —Coge algo de uno de los cajones inferiores del mostrador y lo deja sobre el tablero: un sobre—. Tengo una carta para usted.

Lucy traga saliva.

—Gracias.

La dirección es «al castillo Belmonte de los De Luc»; pues ya podrían haberla entregado en vez de esperar a que ella apareciera por aquí. Remite su padre. Apenas ha empezado a abrir el sobre cuando la encargada pregunta:

—¿Qué la trae a la compañía del señor De Luc?

Casi se le había olvidado lo entrometida que puede llegar a ser la gente.

—Asuntos privados.

Abre el sobre y saca la carta.

Querida hija,
Espero que tu estancia con el señor De Luc te esté siendo tan beneficiosa como esperabas.
Dorian Wright

«Querida hija». Querida hija, querida hija, querida hija, querida hija. Lucy suspira de alivio y, antes de entregar el sobre para que lo selle, relee su carta:

Querido padre,

Este retiro me está haciendo más bien del que podía haber soñado. Todos los días salgo a pasear por los alrededores del castillo, que, como ya sabes, es magnífico. Audric se encarga de que no me falte de nada. Aún tengo, a veces, pesadillas horribles, pero cada vez me afectan menos.

Le prometí a Audric, al llegar, que no volvería a hacerme daño, y creo de verdad que si paso tiempo suficiente aquí podré cumplirlo para el resto de mi vida.

Tu hija, Lucy

Sí. Apropiado con el «querida hija». Lo hará así a partir de ahora: primero leer la correspondencia que le llegue, por si tuviera que cambiar algo, y después enviar la suya. La encargada le coge el sobre como si la hubiera hecho esperar una eternidad.

—¿Cuánto es?

—De parte del señor De Luc, nada. Nos lo compensa con creces. —Baja la voz—. Lo que no sé es si le compensará a usted.

Qué maleducada. Claude tenía razón respecto a sus modales.

—Que tenga un buen día —se despide Lucy mientras le da la espalda.

—Sí, igualmente.

Claude alza las cejas cuando la ve salir.

—¿Todo bien?

—Sí. —Le enseña la carta—. Me ha escrito mi padre.

—¿Cómo está?

—No lo dice… Dice que espera que mi estancia aquí me sea beneficiosa.

—¿Sí? Maravilloso. —Claude le tiende el brazo y ella entrelaza el suyo con el de él—. Sería raro que te exigiera volver ya después de decirte eso…, en cualquier caso, si quieres que hagamos lo mismo la semana que viene, podemos hacerlo.

—Sí, por favor.

Él sonríe.

—Como quieras, querida Lucy.

4. ¿Recuerdo, pesadilla
o alucinación?

Querido padre, querida hija: ¿recuerdo, pesadilla o alucinación? De no ser por la carta, Lucy diría que lo ha soñado, pero ahí está, la caligrafía de su padre sobre el papel blanco, lo cual solo deja dos opciones: ¿recuerdo o alucinación? Aunque podría ser una pesadilla de esas que se alargan infinitamente. Recuerdo… si lo fuera, recordaría haber ido a la oficina postal a enviarla, ¿no? Sí, recuerda a alguien descortés y que Claude no quiso entrar… ¿o eso fue un sueño? Está borroso, como suelen estarlo los sueños, aunque en su caso también ocurre con los recuerdos. Pesadilla… es lo más probable. Pero si lo soñó, ¿qué día es? ¿Cuántos días han pasado? ¿Cuándo tiene que escribirle de nuevo, o escribirle a secas si es que no lo hizo ya?

No quiere preguntarlo. No quiere preguntarlo porque sabe que no saberlo es malo, pero preguntarlo es peor, porque entonces Claude sabrá *exactamente* cómo está. Contiene el interrogante mientras pasean cogidos del brazo alrededor del castillo, apenas una vuelta completa antes de que la duda se haga insoportable.

—¿Cuántos días hace que le escribí a mi padre?

Claude la mira de reojo. Bien. Así formulada, no parece tan desesperada, tan disociada de la realidad.

—Cinco. Fuimos al pueblo y te esperé fuera de la oficina postal, porque no soy bienvenido allí.

—Sí, sí, lo sé. —Recuerdo, entonces, a no ser que esto sea una continuación del mismo sueño o de la misma alucinación—. Entonces tendremos que volver pasado mañana.

Claude sonríe.

—Exacto.

—¿Y qué…? ¿Qué debería decirle a mi padre?

—Mm. Yo no le mentiría, pero tampoco le daría detalles si no quieres. Puedes decirle que has estado teniendo pesadillas esta semana… Hablando de ello, ¿cómo has pasado la noche?

La noche. Las pesadillas o los recuerdos del filo sobre la piel. Y estaba sola. Estaba sola, así que solo podía empuñarlo ella.

Se le corta la voz al decir:

—Muy mal. Creo… Creo que he soñado que me suicidaba. O tal vez lo haya pensado, no estoy muy segura. No sé si he llegado a dormir algo esta semana.

Claude le aprieta la mano. El frío le da solidez al mundo, al presente como presente, como real, como fuente de un futuro recuerdo, sin dudas ni necesidad de preguntar.

—Algo sí has dormido, aunque haya sido caer rendida de puro agotamiento. Ayer por la mañana, cuando fui a darte los buenos días, estabas dormida. Lucy…, sé que es difícil responder esto, pero ¿puedo hacer algo para ayudarte?

Algo. Algo. Algo para ayudar. ¿El qué? ¿Qué podría hacer él, si ni siquiera su padre pudo hacer algo?

Ah, su padre, su *querido* padre. No quería dejarla venir. Pensaba que Claude la estaba cortejando… Qué ridículo. ¿Quién querría cortejar a alguien que no sabe distinguir recuerdo de pesadilla de alucinación? Y más él, con este castillo, con este apellido, con esta herencia. No la necesita. Él no la necesita y ella no se lo merece.

¿Qué hace aquí, si no hay cortejo? ¿Qué gana Claude con esto que llama amistad recíproca pero que en realidad es cuidarla y cuidarla y cuidarla sin descanso?

¿Qué hace aquí? ¿Es esto una pesadilla o una alucinación?

—¿Lucy?

—¿Qué?

—Te he preguntado si puedo hacer algo para ayudarte.

Ah, ¿sí?

Ah, sí.

—No lo sé. No. Ojalá pudieras… —Cierra los ojos y se aferra al frío de su mano. No es natural. ¿Pesadilla? ¿Alucinación?—. Ni siquiera estoy segura de… de no estar soñándote o alucinándote…

Tendría sentido, ¿no? Seguir en casa, con la vista fija en el techo y la mente en otro lado, fugada a un lugar más amable, a un lugar imposible, porque nadie podría cuidarla tanto con tanta paciencia, con tanto cariño.

—¿Alguna vez te has imaginado algo de este calibre?

La última vez que se lo preguntó, respondió que no. Recuerdo…, aunque tal vez sea el recuerdo de la pesadilla o de la alucinación.

—No lo sé.

Claude vuelve a apretarle la mano.

—Ven, quiero darte una cosa.

Lucy lo sigue hasta el portón y luego por las escaleras gemelas, por el pasillo interminable hasta su cuarto. Claude le hace un gesto para que se siente al tocador. Lucy lo espera con los ojos cerrados; no quiere verse, ni las ojeras ni el cansancio esculpido en el rostro ni *nada*. Oye sus pasos de vuelta y nota una mano fría en el hombro. Abre los ojos.

Claude sostiene un colgante de una gema granate con cadena de oro. El reflejo es más tolerable con él presente: su sonrisa amable, su mirada paciente, la joya entre ambos.

—Es un regalo —dice con voz suave—. Cuando dudes de si algo es cierto, solo tienes que mirarte a ti misma. Si lo llevas, es que es real.

Un regalo.

—Yo… no me lo merezco…

—Claro que sí. ¿Me dejas que te lo ponga?

—Sí.

Claude le aparta el pelo con delicadeza y cierra el enganche sobre su nuca. Luego frunce el ceño.

—Deberías quitarte el de la cruz. No quedan bien juntos.

La cruz. Con todo lo ocurrido, con los recuerdos y las pesadillas y las alucinaciones, se había olvidado de que la llevaba puesta. Sí, mejor quitársela; no se siente digna de llevarla en este estado.

—Sí, tienes razón.

La guarda en el cajón del tocador. Claude le pone una mano fría en la nuca y Lucy cierra los ojos y se abandona al helor del contacto.

—Es una reliquia familiar —susurra Claude—. Del linaje De Luc. —Lucy abre los ojos y se encuentra con los de él en el reflejo—. Puedes llamarme así, si quieres.

—¿Cómo?

—Luc. Siendo el último de mi familia… Siento que debería hacer algo por preservar el apellido, aunque sea tan nimio como hacerme llamar así. —Los dedos largos y finos le acarician la nuca, el hombro, la garganta, el collar—. ¿Te gusta? Es casi igual que el tuyo.

Luc, por su apellido. La ce de «Claude» estaba oculta en su firma, reservada para sus allegados, pero el «De Luc» siempre ha estado ahí, a la vista, cualquiera podría usarlo. ¿Significa esto que se está cansando de ella? ¿Que ya no la considera una amistad tan cerca-na… o una amistad en absoluto?

Ah, aún está esperando a que le responda.

—Sí.

Pero el problema es que el colgante, como cualquier otra cosa, también puede aparecer en pesadillas, alucinaciones por descontado. No quiere sonar desagradecida, sobre todo tratándose de una reliquia familiar, así que no lo menciona. Tumbada en la cama, con los ojos fijos en el techo, la habitación ya sumida en la oscuridad, la cadena se le antoja un peligro. Podría retorcerla hasta asfixiarse, podría encontrar una forma de…

Un peso sobre la cama. Lucy abre los ojos, alarmada, y apenas llega a ver a Claude (no: Luc) antes de que caiga sobre ella. No. Pesadilla. Pesadilla o alucinación, porque él jamás invadiría su espacio de esta forma, el frío haciendo contacto con su cuerpo, pero no está dispuesta a permitirlo, a dejar que su mente arruine su bondad y su amistad en una de sus torturas infinitas hasta que su presencia, su presencia real, se haga insoportable. Ya ha transigido demasiado con su padre.

Dios, no debería haber transigido *nada* con su padre. Intenta conjurar otro rostro sobre el suyo, piel menos pálida, pelo rubio en lugar de castaño, ojos azules en lugar de castaños, calor en lugar de frío, pero es inútil: el Luc que no es Luc le gira la cabeza hasta que la mejilla izquierda le da contra la almohada, todo el perfil derecho expuesto a él. Lucy no quiere verlo, quiere cerrar los ojos pero no puede, la vista fija en el rostro idéntico de reojo. Es idéntico, idéntico, idéntico. Haga lo que haga, le haga lo que le haga, si no lo ve… si no lo viera… ¿Pero cómo no acordarse de esto cuando la coja del brazo, si es idéntico, si hasta el frío es idéntico?

—Tranquila. No tienes nada que temer de mí.

Lucy se queda sin aliento. Las voces son idénticas, pero no es posible confundir esta mueca con la sonrisa de Luc porque en esta los colmillos superiores son demasiado largos, demasiado afilados. Cual murciélago.

Al menos está claro, estará claro cuando lo reviva: pesadilla o alucinación, pero nunca recuerdo. Luc… No, no. El Murciélago le baja el tirante que le cubre el hombro y deja un beso helado en su cuello; luego, un mordisco. Lucy se tensa ante el penetrar de los dientes en la piel. Después llega el frío, bajando de los colmillos a su cuello y de ahí a todo el cuerpo, metido en las venas, en la sangre. No quiere moverse, pero la helada la estremece. El Murciélago se separa de ella, los colmillos manchados de rojo, y se retira hacia atrás.

Lucy parpadea y al instante siguiente está sola en la habitación.

Se incorpora con el pulso acelerado. ¿Ya está? Estaba convencida… por cómo se ha lanzado sobre ella, por el contacto, por el beso en el cuello, habría jurado que la pesadilla iba a recrearse en la agresión y no limitarse a la mordida. Mejor así, claro; mejor no pensarlo demasiado, no sea que invoque otro mal sueño que sí se entretenga en el besar y el tocar y el desvestir.

«Cuando dudes de si algo es cierto, solo tienes que mirarte a ti misma. Si lo llevas, es que es real». Lucy mira hacia abajo y suspira al encontrar el colgante ahí. Como regalo ha sido magnífico; como elemento de control, no tanto. *Sabía* que acabaría colándose en sus pesadillas. Si fuera fácil distinguirlas de los recuerdos, jamás se confundiría.

El problema es que la herida, dos perforaciones ahí donde el Murciélago ha clavado los colmillos, sigue ahí. Sigue ahí un minuto después, dos, tres, cinco, veinte, media hora, una entera, cuando el rojizo del amanecer se cuela por el ventanal e ilumina los pies de la cama. En el reflejo sigue estando la herida. Cuando Luc toca a la puerta y ella le invita a pasar, lo primero que le dice es:

—Mírame el cuello. ¿Lo ves?

Luc frunce el ceño.

—¿El qué?

—La herida. Es como… dos agujeros… —Los señala ayudándose del reflejo—. He soñado… algo y… Y pensaba que era un sueño, pero si la herida es verdad… ¿Y si me he levantado sonámbula, y si me lo he hecho yo? Dios, el otro día soñé que me suicidaba. ¿Y si esta noche…?

—Lucy, Lucy, tranquila. Yo no veo nada.

—¿Qué? —Vuelve a comprobar el reflejo. Ahí está, justo ahí, donde le está señalando—. Yo lo estoy viendo…

Luc la mira con paciencia infinita.

—¿No será como cuando te miras las cicatrices y las ves como antes de que sanaran?

—No. No creo. —Vuelve a mirar el reflejo—. No… no parece igual, no me duele igual, pero… no lo había pensado. Puede que sí. —Se estremece—. Aun así, ¿y si soy sonámbula?

—No creo. Te habría oído, tengo el sueño muy ligero… Pero, si te quedas más tranquila, puedo velarte mientras duermes.

Lucy se mira los pies.

—No hace falta. No quiero molestarte…

—¿Cuándo me has molestado tú a mí?

«Siempre», quiere decir, aunque sabe que la respuesta en sus labios será «nunca».

—Vale —acepta al final—. Si no te supone mucha molestia…

—Te aseguro que no. —Luc le pone una mano en el hombro ileso—. Déjate cuidar.

Ella asiente con la cabeza y lo abraza. Qué cansada está. Qué cansada está de las pesadillas, de la incertidumbre, de todo, de la vida.

Dios, ojalá no estar *tan* cansada de la vida.

5. Correspondencia

Querida hija,
No sabes cuánto me alegran esas noticias.
Agradécele al señor de Luc de mi parte todo lo que está haciendo por ti.

Dorian Wright

———◆———

Querido padre,
Esta última semana ha sido más difícil que la anterior. Las pesadillas han ido a peor, rayando incluso en lo absurdo, y estoy exhausta, pero me esfuerzo por cuidarme. Sigo paseando todos los días con Audric. Se encarga de que esté bien alimentada y se lo agradezco; me apenaría defraudarlo, así que me esfuerzo en mantenerme sana.
No he roto mi promesa.

Tu hija, Lucy

6. Frío

Frío. Las pesadillas con el Murciélago, que se suceden cada noche a pesar de la presencia de Luc (al menos así han descartado el sonambulismo), le han dejado, además de la herida que solo ella es capaz de ver, esto: un frío incombatible. Ni todas las mantas del castillo dispuestas sobre la cama son capaces de hacerla entrar en calor, ni el abrigo más grueso de Luc la abriga lo más mínimo; es como si tuviera el frío metido en venas y arterias. A Luc ya no lo nota frío sino templado. Templado cuando la coge del brazo y cuando la abraza, templado cuando se recuesta en sus piernas, ambos sentados sobre una manta gruesa que él ha extendido en el suelo de un salón en el que Lucy (cree que) no había estado antes. No sabría decirlo con certeza; que sea de noche y la única luz sea la del candelabro que ha dejado a su derecha no ayuda.

Templado cuando le besa la mano y le dice que le dé un minuto. Lucy cierra los ojos y los abre cuando un resplandor se le cuela bajo los párpados acompañado de un chisporroteo. Ha encendido un fuego en la chimenea que hay frente a ella.

Y, aun así, el frío sigue ahí, incrustado bajo la piel.

—¿Mejor? —pregunta Luc mientras vuelve a sentarse tras ella.

—No.

Lucy se recuesta en su pecho y, al hacerlo, alza la vista a la pared. A ambos lados de la chimenea se suceden dos hileras de cuadros, aunque no pasa del primero de la derecha, el reconocimiento abriéndole un tajo en el pecho.

Es un retrato suyo. El que más odia. Lo encargó su padre como carta de presentación a sus pretendientes. La sonrisa, una que ella jamás ha esbozado, mucho menos mientras posaba para el pintor; el escote demasiado bajo, más bajo que el del vestido que llevaba; los brazos al descubierto, piel lisa e incólume, jamás herida ni sanada. Qué asco. Qué asco esa manipulación de sí que presentó su padre al mundo. Qué ganas de desgarrar el lienzo.

—Pensaba que te habías deshecho del cuadro.

—Me dijiste que no querías que nadie lo viera. No suelo venir aquí…

—No lo quiero escondido. Lo quiero destruido. —Un silencio. Lucy se gira para mirar a Luc—. ¿Me estás oyendo? Lo quiero *destruido*.

Él se la ha quedado mirando, como sorprendido por su convicción.

—Podemos quemarlo, si quieres…

—Sí.

Luc se levanta. No le hace falta escalera para descolgar el cuadro, de lo alto que es. Lo deja sobre la manta. La sonrisa, el escote, los brazos. Los brazos.

—Lucy, ¿estás…?

—¿Tienes un cuchillo?

—¿Un cuchillo? —Hay un timbre de alarma en su voz—. ¿Para qué?

—Para arreglarlo. No hace falta que sea un cuchillo, cualquier cosa afilada me sirve. —Silencio—. ¿Tienes o no?

Otro silencio.

—Sí. Ten.

Le tiende una daga pequeña, la hoja un poco más corta que su dedo meñique, por el mango. Lucy la empuña y se cierne sobre el lienzo. Rasga el brazo izquierdo por verosimilitud y el derecho por despecho, por frustración, por rabia. Luc le pone una mano en el hombro. Templado y no frío.

—Así debería haber sido.

—No termino de entenderlo… —Luc se agacha a su lado—. ¿Te refieres a que debería haberte pintado las cicatrices?

—Sí.

—Pero era un cuadro de presentación a desconocidos y… te las tapas incluso conmigo. No entiendo…

—Esa no soy yo. —Decirlo es peor que pensarlo. Lucy suelta la daga y se restriega la cara, con las cicatrices ardiendo—. Es la hija que siempre ha querido, pero no soy yo. Estoy orgullosa de esto y él… ¿Por qué no puede estar orgulloso de mí? ¿Por qué no puede quererme *a mí*?

Otro silencio.

—¿Estás orgullosa de haberte hecho daño?

Lucy lo mira de reojo. Por supuesto que no lo ha entendido.

—Estoy orgullosa de haber sobrevivido y eso fue lo que necesité para hacerlo. —Vuelve a mirar el cuadro—. Pero él habría preferido… habría preferido que me hubiera matado en vez de herirme para resistirlo

62

y no tener que lidiar con nada de esto… Habría preferido llorar a la hija que siempre ha querido tener a tenerme *a mí*…

—Lucy, no creo que eso sea así. Conozco a tu padre y…

—Lo conoces de un rato. Yo llevo conviviendo con él veinte años. —En el retrato lleva el colgante de la cruz. Lucy va a arrancársela del cuello para quemarla junto al cuadro, pero no está ahí. Ah, es verdad: la cambió por el collar que le regaló Luc. Coge el marco del cuadro de ambos montantes y lo mete en la chimenea. La madera cruje ante el contacto con el fuego y el lienzo arde deprisa, sonrisa, escote, brazos y cruz uniéndose a las cenizas—. Le dije que no quería prometerme y aun así lo intentó por todos los medios.

Luc le da la mano. Templado y no frío.

—¿No querrías casarte? No con un desconocido, claro, sino con…

—Claro que querría. —Pero Luc es único. Nadie la cuidaría *así*. Las pesadillas con el Murciélago (los dientes clavados en la piel y goteando rojo, rojo, rojo, «no tienes nada que temer de mí» y aun así *todo* que temer de él, colchón y cuerpo invadidos como si fueran una misma cosa) son una alegoría clara de este miedo—: Pero, si me casara, mi marido probablemente se aprovecharía de mí.

Otro silencio. Aprecia que no intente contradecirla, convencerla ni consolarla. El cuadro sigue ardiendo.

—¿Llegaste a tener algún pretendiente? Al llegar mencionaste a un tal Elías…

—Sí.

—¿Y qué…? ¿Cómo te libraste de él?

Lucy inspira hondo.

—Yo no quería verlo, no estaba con fuerzas para recibir a nadie, pero a mi padre le dio igual. Arrancó a hablar y yo no le contesté a nada y acabó diciéndome que esperaba que por lo menos supiera abrirme de piernas.

Luc le aprieta la mano.

—Lo siento.

—Antes de que mi padre lo echara me dio tiempo a arremangarme el vestido para que me viera el brazo y decirle que, si me había hecho eso a mí misma, se imaginara qué no sería capaz de hacerle a otra persona. Le faltó poco para desmayarse y no tuve ningún pretendiente más. —Lucy lo mira—. ¿De quiénes son los otros cuadros?

—Ah, son de otras amistades mías.

Ella asiente y se apoya en su hombro. Las pesadillas, una alegoría clara de este miedo: Luc es *demasiado* bueno con ella, tanto que no se lo merece, tanto que no puede ser verdad. Cuando el cuadro se consume por completo, se deja guiar hasta la manta, se apoya en él y cierra los ojos.

Por suerte, las pesadillas no son verdad.

7. Decirme que estoy cuerda

Despierta con un dolor atroz en el cuello. Está tumbada de espaldas a Luc, sobre la manta. Del fuego solo quedan brasas y cenizas. Va a levantarse…

… y una presión se lo impide. Luc, cernido sobre su cuello.

No. Tiene los colmillos clavados en la carne, de ahí el dolor. No es él.

Lucy cierra los ojos. Está cansada de esta pesadilla, de este dolor, de este frío, de mirar la pesadilla y confundirla con Luc. ¿Por qué tiene su rostro, por qué tiene que tener su rostro? Si tuviera el de cualquier otra persona, incluso si fuera su padre…

El dolor le estalla en el cuello. Lucy patalea, sacudida por un espasmo. El Murciélago afianza la mordida y el dolor se expande en una vorágine helada por todo el cuerpo hasta culminar en la cabeza. Una presión constante: una aguja clavada entre las sienes. No, una aguja no: la punta de una lanza. Clavada, clavada, clavada, goteando rojo, siempre rojo. Apenas nota cuando la pesadilla se separa de ella, de lo intenso que es el dolor que le late en cada recoveco, en cada músculo. No quiere llorar porque sabe que eso empeorará la presión de la cabeza, pero es *demasiado* como para contener las lágrimas.

—¿Lucy? ¿Qué te pasa?

—Me duele —solloza—. No puedo más.

—¿El qué?

—Todo.

—¿Puedes moverte?

—No.

—Espera un poco, a ver si se te pasa…

Pero no, por supuesto que el dolor no remite igual que no ha remitido el frío. A media tarde, Luc la alza en volandas y la lleva de vuelta al cuarto. El colchón blando contra su espalda es un alivio momentáneo arruinado inmediatamente por otra oleada de dolor. Luc la arropa con el compendio de mantas y se sienta en el borde de la cama. Al mirarlo ve los colmillos en la boca; ahora ya no están.

—No puedo más —solloza—. No dejo de tener pesadillas horribles contigo…

—¿Conmigo? Lucy, yo jamás te haría daño…

—Lo sé, ya lo sé, pero no puedo… No sé cómo hacer que pare. Me estoy volviendo loca. Me estoy volviendo loca otra vez.

Luc le aprieta la mano.

—No estás loca.

Ella se ríe mientras llora.

—Claro que lo estoy. No puedes mirarme y decirme que estoy cuerda. Y sabría cómo manejarlo, porque siempre lo he estado, si no fuera por *esto*.

—¿Por qué?

—¡Por las pesadillas! ¡Por las pesadillas y el frío y el dolor!

Luc se inclina hacia ella.

—Mejorarás pronto, ya lo verás.

Ahí están los colmillos. Lucy llora mientras le muerde el cuello. Otra vez no. Realidad mezclada con pesadilla, pesadilla mezclada con realidad, un instante Luc y al siguiente el Murciélago y al revés.

¿Qué día es? ¿Cuándo debería escribirle a su padre?

—¿Lucy?

Luc, sentado a su lado.

—¿Qué?

—Deberías escribirle a tu padre.

Le tiende una pluma mojada en tinta y una hoja en blanco apoyada en la cubierta rígida de un libro. Lucy se incorpora, cada gesto un estallido de dolor. Su padre. ¿Qué va a decirle? ¿Que está enferma (¿cómo explicar si no el frío y el dolor?) y empeorando? ¿Que no distingue la noche del día ni el día de la noche ni a Luc de la pesadilla? ¿Que no sabe cómo va a salir de esto, que no sabe ni cómo empezar a intentarlo?

La quemé, podría escribir. *Quemé a la hija que querrías haber tenido y ahora solo quedo yo.*

O: *Aprende, Luc me escucha incluso cuando yo no me escucharía a mí misma.*

Voy a morir aquí, lejos de ti. Voy a morir en brazos de alguien que sí me quiere.

Vas a matarme tú. Va a matarme el tener que escribirte.

—¿Quieres que te ayude? —ofrece Luc con voz suave.

—No. —Rasga la hoja con la pluma y se deja caer contra el cabecero de la cama, la madera castigándole la espalda—. Ahí la tienes.

Luc dobla la hoja sin leerla, sin ojearla siquiera, y le aprieta la mano.

—Vuelvo enseguida. Le pagaré a alguien para que la entregue.

—Ve tú si quieres. Hace mucho que no salimos afuera... —¿Cuánto? ¿Cuánto hace de su último paseo?—. No me importa quedarme sola un rato. —Cerrará los ojos y pasará una hora, un día, una semana...

—No, lo prefiero así. Ya sabes que no soy bienvenido allí.

Ah, es verdad. Dijo algo sobre hospitalidad no correspondida... sobre ser un anfitrión inmejorable... o tal vez fuera una pesadilla, una alucinación.

—Como quieras.

8. Peor, pero mejor

Querida hija,
Sé fuerte.

Dorian Wright

❖

Padre,
Estoy peor, pero mejor de lo que estaría en casa.
No vengas. Lo empeorarías.

Lucy

9. Marcharse

El reloj de pulsera que Luc le regaló (¿cuándo fue eso?) marca las diez. De la mañana, claro; si no, el sol no se colaría por la ventana. Luc se ha sentado a su lado, en la cama, con la bandeja del desayuno apoyada sobre las piernas: dos rebanadas de pan con queso y miel, una copa vacía y una jarra de agua. Tiene la vista fija en la pared y expresión seria.

—Luc, ¿estás bien?

Él gira la cabeza para mirarla. Despacio, con calma. No varía la expresión.

—Nunca habías pasado una noche tan mala como esta.

Lucy traga saliva.

—Lo siento. No te habré dejado dormir…

—No es por eso. Hace mucho que no duermo porque me quedo velándote. Pero esta noche… —Tuerce el gesto—. Has sufrido muchísimo con una pesadilla. No te he despertado porque me dijiste que no lo hiciera, pero creo que deberías replanteártelo…

—Es peor. Si me despiertas me desoriento más y me cuesta mucho más discernir qué es verdad y qué es pesadilla…

—No para todos los casos —replica Luc—, solo para los peores, para las más intensas…

—No ha sido para tanto.

Luc la mira. Parece cansado.

—Sí parecía para tanto.

Lucy clava los ojos en la manta granate que le cubre las piernas de rodillas hacia abajo. ¿Qué ha soñado? Tenía que ver con él.

—Lo siento.

Luc niega con la cabeza.

—No quiero que lo sientas. No es culpa tuya. Pero seguro… ¿Seguro que no quieres que te despierte en ningún caso?

—Sí.

Luc asiente con la cabeza.

—Voy a tomar un poco el aire. Vuelvo enseguida.

—Vale.

Lucy desayuna sin ganas, deja la bandeja sobre la mesita de noche y se recuesta en el compendio de almohadas que Luc le trajo hace días para que pudiera incorporarse cómodamente. ¿Qué habrá soñado para agitar a Luc? ¿Qué habrá hecho en sueños? Parecía cansado. Si pasa los días con ella y dice que la vela por las noches, ¿cuánto hace que no descansa en condiciones? Dios, ella es culpable de su agotamiento.

¿Y si se está cansando de ella?

Podría escribirle a su padre. Luc podría escribirle a su padre en cualquier momento. Tendría que volver a casa… Ah, pero el viaje sería el momento perfecto para desviarse y encontrar, al abrir la puerta, no su casa sino el *hospital* más cercano. No. No, él nunca… su padre nunca le haría eso…, Luc nunca lo permitiría…, ¿verdad?

¿Verdad?

¿Pero y si se están cansando de ella? ¿Y si ya están cansados de ella? Cariño convertido en hartazgo… No, aquí nunca ha habido cariño, no hacia ella; hacia ella, imposible. «Me odian y con razón». Hartazgo entonces, hartazgo desde siempre, hartazgo convertido en fastidio y desprecio. Sería un alivio para ellos (¿y para quién no?) que desapareciera. ¿Cómo no van a deshacerse de ella?

«Me odian y con razón».

Debería facilitarles el trabajo. Desaparecer. Morirse de una vez. Matarse por fin.

¿No sería un alivio para Luc volver y encontrar un cuerpo muerto tendido en la cama en vez de a ella?

Lucy clava los dedos en la blandura de una de las almohadas. No. Se lo prometió. Se lo prometió. Se lo prometió.

¿Se lo prometió? Le arden las cicatrices. ¿Se lo prometió o fue un sueño, una alucinación? Y, aunque se lo hubiera prometido de veras…, ¿se lo pidió Luc en serio? ¿Y si era una competición contra el tiempo? ¿«Un trato» para ver cuánto aguantaba sin romperlo? ¿Habrá apostado con la gente del pueblo las semanas que le quedan de vida?

¿Cuántas semanas lleva aquí?

Tres. Tres cartas, sobre la mesita de noche, de su padre. Dijo que le escribiría cada semana, así que deben de ser tres.

¿Le ha escrito cada semana? ¿Lo ha incumplido sin darse cuenta? ¿Vendrá a reclamárselo, a arrastrarla de vuelta a casa por su error?

¿Estará celebrando el haberse librado de la carga que supone una hija así?

«Me odian y con razón».

Luc estaba cansado. ¿Habrá ido a escribirle, a exigirle que vuelva a hacerse cargo de ella? ¿Habrá ido a recibirle? ¿Estarán hablando de ella en el portón, de lo grave de su estado, de lo inasumible que es su cuidado? ¿Fingirán resignación y abatimiento al decidir encerrarla? ¿Para qué molestarse, si ella no va a enterarse?

Ah, pero lo sabe. Sabe que la odian aunque intenten ocultárselo, aunque siempre le digan que no. ¿Cómo iba nadie a querer a alguien *así*?

Debería haberse prometido y casado con Elías. Dejó claro lo que esperaba de ella y no era nada parecido al amor. ¿Tan terrible sería…? Si todo lo que esperaba de ella era un cuerpo que usar a su antojo, ¿tan terrible habría sido aceptar? Quedarse quieta nunca le ha supuesto un problema y así, al menos, tendría un motivo para estar *así*. No pretendería quererla… No le diría que le importa y ella no tendría que adivinar, que saber, que recordarse a cada rato, que es mentira, mentira, mentira…

No. Qué tontería. La habría encerrado al segundo día. Si casi se desmayó al verle el brazo… ¿Cómo ha podido pensar…? Y *necesita* que la cuiden. Nadie podría cuidarla como Luc.

Luc. Pero el papel se da a las mentiras. ¿Qué otras cosas le esconde? ¿Qué otras cosas aparte de que la odia?

¿Por qué la está cuidando si la odia, cuando no es familia suya, cuando nada lo vincula a ella? ¿No será este el cortejo más enrevesado y estúpido del mundo?

Hablando de Luc, ahí está, cruzando el umbral. Lucy relaja las manos y pregunta:

—¿Cómo estás?

Ah, pero tiene colmillos. No es Luc.

El Murciélago se sienta a su lado, en el borde de la cama. Lucy no se estremece cuando le pone la mano en la nuca para acercarla a su boca, porque ya no está frío sino templado. Ya se ha acostumbrado al mordisco, a la oleada de frío y de dolor. Simple. Fácil. Confiable. Siempre lo mismo, sin complicaciones, sin mentiras.

Cuando se separa de ella, los colmillos goteando rojo, Lucy le coge las manos para retenerlo ahí.

—Sigue.

No pensaba que la pesadilla, los horrores que su mente personifica con el rostro de Luc, pudiera mostrar una expresión tan confusa.

—¿Qué?

—Sigue. Me estás drenando la sangre. Sigue. —Y, como no parece entenderlo, lo dice claro—: Mátame.

Parece triste. ¿Cómo se atreve a parecer triste?

—No tienes nada que temer de mí.

Se zafa de su agarre, se aleja y sale del cuarto. Lucy se queda ahí tendida, con las lágrimas saltadas. Por supuesto que no. Ni siquiera en una pesadilla podía ser tan fácil. ¿Por qué debería serlo? Se merece sufrir y la muerte supondría acortar esta tortura. Lo que debería hacer, para castigarse y aliviarse, es herirse. Ya le arde todo, ya le duele todo, ¿qué diferencia habría…?

No. Se lo prometió a Luc. Se lo prometió a sí misma.

Cierra los ojos y, al abrirlos, está en la sala de los retratos. Rostros desconocidos la observan desde la pared. Los ojos la siguen al dar un paso, dos, tres. Eran las amistades de Luc. Son las amistades de Luc.

—No te lo mereces —la acusan todos a la vez.

No tendría sentido discutirles.

—Lo sé.

—No eres su amiga, solo una carga. No mereces estar aquí.

—Lo sé.

—Se está privando de todo por ti. Si te importara lo más mínimo, te irías.

—No puedo…

—Vuelve a casa, embustera.

Lucy niega con la cabeza.

—No puedo. Mi padre… no puedo volver con él…

—Embustera, embustera, embustera. —Los bustos salen de los cuadros, pintura convertida en hueso, músculo y carne—. El papel se da a las mentiras. Lo has engañado para que te quiera, para que te cuide. Eres la peor mentirosa de todas. —Algunos tenían brazos y piernas pintados, retratos de cuerpo entero; los otros adquieren extremidades de hueso, mitad personas mitad esqueleto—. Lo has engañado. —Dan un paso hacia ella, luego otro—. Lo has engañado, pero nosotros lo queremos de verdad, nosotros vemos todas tus mentiras. Lo salvaremos de ti.

El más cercano la coge de la mano. Al contacto la piel se convierte en líquido. Gotea al suelo conforme el agarre trepa brazo arriba: dedos, nudillos, muñeca. Pintura. Es pintura. Y, al ascender aún más por la piel, el color se agrieta en varios lugares. Al llegar al cuello, el colgante de Luc la atraviesa y cae al suelo. Lo sustituye la cruz de plata.

El cuadro. Van a convertirla en el cuadro que encargó su padre. «Pero lo quemé. Lo rajé (¿de ahí las grietas?) y lo quemé».

—Lo salvaremos de ti.

No. Cualquier cosa menos eso. Cualquier cosa menos *convertirse* en eso.

Echa a correr. No sabe de dónde saca las fuerzas ni cómo lo acomete, porque media ella es ya pintura goteante, media ella está derramada por la alfombra y el suelo. De pronto le desaparecen los zapatos, pero sigue corriendo aún descalza. De pronto el pasillo ya no es pasillo sino una escalera, de pronto la escalera es una pared, de pronto la pared es lo alto de una de las torres. Solo queda saltar y caer.

De pronto está fuera, junto al portón. El carruaje está parado frente a ella. Su padre se apea con parsimonia. Ha venido a buscarla.

—He venido a llevarte a casa.

No. No quiere volver. No quiere irse.

Luc le aprieta el hombro al pasar por su lado.

—¿Ha tenido buen viaje, señor Wright? —pregunta mientras se acerca a él con la mano extendida.

—Lo cierto es que…

Pero al llegar a su lado no le tiende la mano, sino que le muerde el cuello. A Lucy le fallan las piernas. El Murciélago muerde, muerde y muerde, llevándose carne entre los dientes al separarse de él. Su padre se desploma con la garganta abierta, chorreando rojo. El Murciélago se acuclilla a su lado.

—Déjalo —susurra ella—. Déjalo en paz.

—Ya te lo he dicho: tú no tienes nada que temer de mí. Él, en cambio…

—¡Déjalo!

—… tuya —jadea su padre, con las manos en el cuello para intentar detener la hemorragia—. Es culpa tuya.

No. No, no, no. Eso no. *Esto* no.

—Déjalo —solloza—. Por favor, déjalo.

El Murciélago pasea un dedo por el charco de sangre.

—Odio verte llorar, querida Lucy. Odio verte sufrir. Y él es responsable de buena parte de tu sufrimiento.

Es un sueño. Es un sueño. Es un sueño. Solo es un sueño. Se despertará en cualquier momento.

Se despertará, pero no antes de verle hundir los colmillos en la herida abierta y a su padre dejar de moverse.

Solo es un sueño. Solo fue un sueño y aun así es incapaz de desprenderse de la conmoción, de la culpa. El Murciélago se sienta a su lado, en el borde de la cama. Lucy se inclina hacia él, ofreciéndole el cuello. Se lo merece.

No: cuando abre la boca no hay colmillos y, en respuesta a su gesto, la abraza. Es Luc.

No se lo merece.

—¿Estás bien? No tienes buena cara.

No, no se lo merece. Ni se lo merece ahora ni se lo merecerá nunca.

—Voy a marcharme.

Ni siquiera reacciona. ¿Y qué esperaba? Estará aliviado de ir a librarse de ella, de…

—No. —La voz de Luc es apenas un susurro—. Por favor. —Se separa de ella y le coge las manos—. Lucy, por favor. Dime qué he hecho mal, te juro que no volveré a hacerlo, te lo juro por tu vida. No me dejes. No puedes dejarme. Sé que tú nunca me dejarías. —Le enmarca la cara con las manos templadas—. Dame otra oportunidad.

—No…

—¿Qué he hecho mal?

—Nada. —Lucy coloca las manos sobre las de él. Está temblando—. No has hecho nada mal… No quiero ser una carga…

—No lo eres. Te quiero aquí. Cuidarte es un honor para mí. —Se aferra con más fuerza a ella—. No me hagas esto, tú también no. No me dejes.

En sus ojos se ha desbocado el pánico. Lucy nunca lo había visto así, nunca había sospechado que había algo acechando tras su calma, siempre a la espera de tomar el control en el momento preciso, como su propia locura. «Tú también no». ¿Qué es lo que le atormenta?

—Te mereces algo mejor…

—*No*. No es verdad. Y, aunque lo fuera: al diablo el merecer. Te *quiero* aquí.

«No te lo mereces».

«Al diablo el merecer».

Lucy se apoya en él.

—Vale. Pero si cambias de opinión… si en algún momento prefieres que me vaya…

Luc vuelve a abrazarla y, con voz estrangulada, murmura:

—Eso no va a ocurrir nunca.

10. En buenas manos

Querida hija,
Lamento que estés empeorando. Sé fuerte.
Me mantendré alejado hasta que así lo consideres.
No sufras por ello.

Dorian Wright

❧

Estimado señor Wright,
Lucy no se encuentra con ánimos para escribirle.
Dice que prefiere no verle. Si fuera algo grave, ten-
ga por seguro que se lo haría saber; en cualquier caso
considero mejor que respete sus deseos. Valora enorme-
mente que la dejara quedarse. No me cabe duda de que
mantener esa confianza beneficiará a su salud.

Le iré escribiendo hasta que Lucy mejore y pueda hacerlo ella misma. No desespere: está en buenas manos.

Audric C. de Luc

11. Conocer la propia locura

Cuando el Murciélago se presenta con la daga de Luc en la mano, Lucy está convencida de que, si es posible que una pesadilla la mate, esta será la que lo haga. Cierra los ojos y le ofrece el cuello, los brazos, todo, lo que sea; pero esta vez no hay acercamiento, no hay invasión.

—¿Quieres que pare, querida Lucy? ¿Quieres librarte de mí para siempre?

No. Esto es lo que se merece.

Sí. Así las pesadillas tomarán otra forma, así podrá mirar a Luc sin reparos ni miedos.

Abre los ojos.

—Sí.

El Murciélago sonríe, todo colmillos, y le tiende la daga por el mango. Acto seguido le ofrece el brazo.

—Bebe.

Lucy se lo queda mirando.

—¿Qué?

—Bebe. No seas tímida, sé que sabes dónde cortar.

Cortar. Cortar piel y verla abrirse y sangrar y mancharse de rojo y recordar el dolor y anhelarlo en su cuerpo, con la daga en la mano. Cortar. Cortar de nuevo. ¿Cómo negarse, con la daga en la mano y el rojo ajeno chorreando?

¿Cómo negarse? Lucy tira la daga a un lado.

—No.

El Murciélago recupera el filo.

—¿Prefieres que lo haga yo? Tú solo tienes que beber.

¿Beber? ¿Beber qué? ¿Su sangre? El rechazo está a punto de doblarla por la cintura, pero entonces las sábanas dejan de ser blancas. Alza la cabeza con el cuerpo ardiendo, no solo las cicatrices. El Murciélago se ha hecho un tajo en el antebrazo. Sonríe mientras se lo acerca. Lucy quiere alejarse, pero la sangre… la sangre… Quiere alejarse, pero de pronto el rojo le gotea sobre el camisón, la barbilla, la nariz. Está ahí. Está *ahí* y ¿cómo negarse? Y se yergue para acercarse, acercarse, acercarse hasta que ya no puede acercarse más, porque tiene los labios sobre la piel y la sangre en la boca.

Había olvidado lo bien que sentaba. Se llevó un par de gotas a la lengua una vez, la primera que se hizo daño, por curiosidad, y aunque saboreó el hierro lo que pensó es que sabía a alivio y castigo. Esta no; esta es solo alivio. «Si bebo, parará». Pero tal vez lo haría de todos modos, aunque no garantizara nada.

Está sangrando mucho. Lucy traga, traga, traga, pero está sangrando mucho.

—Muy bien. Ya es suficiente.

Está sangrando mucho, pero no es suficiente.

Lucy lo muerde. Lo muerde y al morder, y mientras el Murciélago grita, descubre que su boca ya no es su boca; no, sí lo es; sí lo es, pero sus dientes han cambiado. Los colmillos superiores son ahora más largos, más afilados. Más aptos para morder y hacer sangrar, más aptos para morder y desgarrar carne. Eso es: morder y desgarrar, llevarse un amasijo de piel en la boca, y que la sangre le empape la cara y escupir la asquerosidad y volver a la sangre, la sangre, la sangre.

—Basta —jadea el Murciélago—. Suéltame…

¿Por esto le ha dicho que pararía si bebía de él? ¿A partir de ahora la visitará ella misma, una doble con su mismo rostro y su misma voz y estos colmillos? ¿O será siempre ella, mutará la pesadilla para que sea así con diferentes personas, con diferentes víctimas?

El Murciélago se desploma. Lucy maldice, lo sigue al suelo y vuelve a clavar los dientes en la piel. No es suficiente. ¿Cómo es posible que no sea suficiente, que no la sacie ni cuando el flujo de la sangre empieza a escasear? Tendrá que morder en otro sitio. El cuello, la garganta. Eso es. Se incorpora, dispuesta a morder ahí.

Luc la está mirando. Luc y no el Murciélago, porque no tiene colmillos. Luc la está mirando y no se mueve.

Luc la está mirando y está muerto, muerto en un charco de su propia sangre, con el brazo abierto de un tajo y de varios mordiscos. Mordiscos *suyos*.

Luc está muerto y lo ha matado ella.

Lucy se aleja tropezando con todo. No. No, no, no. Se aleja y se encuentra con su reflejo en el espejo del tocador: la cara empapada de sangre y también la barbilla y el camisón y las manos de aferrarse a él. A Luc. A Luc, que está muerto porque lo ha matado ella.

Acaba volviendo a la cama, aovillándose bajo las mantas para no verlo. Es un sueño. Es un sueño. Es un sueño. Solo es un sueño. Despertará en cualquier momento.

Despertará.

Despertará, ¿verdad?

¿Verdad?

¿Y si no es un sueño?

El mundo se vuelve un borrón. No puede respirar. ¿Cómo va a poder respirar, si Luc está ahí, tendido en el suelo, muerto, muerto porque lo ha matado ella? Tenían razón. Debería estar contenida, debería estar atada a una cama. No. Debería… debería estar muerta… ¿dónde está la daga?, ¿va a tener que esperar a calmarse para encontrarla, para ver…?

No. No, se lo prometió a Luc.

Pero Luc está muerto porque lo ha matado ella.

«Me lo prometí a mí misma». Pero eso no vale nada.

—Lucy. Lucy, ¿me oyes? ¿Qué te pasa?

¿Quién es? ¿Quién es, si Luc está muerto y aquí no hay nadie más? Si pudiera calmarse para que el mundo dejara de ser un borrón… pero es tarea imposible…

Ah. Su padre. Tiene que ser él. ¿Pero cómo es que está aquí?

Ah, por Luc. Luc debió pedirle que viniera en la última carta que le escribió.

—Tenías razón —consigue decir a pesar de la falta de aire—. Enciérrame.

Luego el borrón se apodera de todo, también de sus oídos, y cae tendida en la cama. Cuando se recobra, cuando vuelve a ver y a oír, nota un punto templado en el lateral del cuello… como si le estuvieran tomando el pulso…

—Lucy, ¿me oyes?

¿Quién…?

Luc. Luc, demasiado cerca.

Lucy se empuja con los pies hasta que su cabeza choca contra el cabecero de la cama. Él da un respingo.

—¡Cuidado! ¿Te has hecho daño?

Está hablando. Está hablando y de pie y vivo… y ella… ¿ella…?

Luc vuelve a acercarse y ella se aleja hacia el otro extremo de la cama.

—¡No te acerques!

Luc se queda rígido.

—¿Qué…? No voy a hacerte daño…

«Pero yo a ti sí».

—Tengo que irme. Tengo que irme antes de… de que te haga daño de verdad…

Porque esto es verdad, ¿no? La pesadilla era lo otro.

¿O el sueño es esto?

—No vas a hacerme daño.

—¡Pero ya lo hecho! He soñado… —No, no puede, no puede decirlo en voz alta. La encerrará… la atará a la cama… ¿No es eso lo que se merece, lo que debería hacer…?—. Podría… No estás seguro conmigo…

—Créeme, puedo protegerme.

—No…

—Ha sido una pesadilla. —Luc se pasa las manos por la cara—. Te has despertado hiperventilando y te has desmayado en cuestión de segundos. ¿Ves cómo debería despertarte…?

—¡No! Entonces creería que sigo soñando, ¡ya me ha pasado alguna vez! Y contigo… podría… podría haber… —Se estremece—. No te acerques más. —Y entonces se acuerda de los colmillos—. Pásame mi espejo.

Luc frunce el ceño, pero no dice nada. Se aleja hasta el pie de la cama, abre el baúl de arriba y se lo tiende por el mango, con el vidrio girado hacia el suelo. Lucy lo coge con cuidado de ni siquiera rozarle y se mira. Se mira la cara, limpia de sangre, pero sobre todo la boca, sobre todo los dientes. Normales. Los colmillos superiores siguen siendo humanos. Luc se queda apoyado en la pared, en silencio, y cuando Lucy está a punto de devolverle el espejo, al girarlo, se percata de que no tiene reflejo. Ella sí; él no. ¿Un truco de la luz…? Gira el vidrio con todo el disimulo que puede para variar el ángulo, sin éxito. Pero en el del tocador sí se refleja. Abraza el espejo contra el pecho y se deja caer contra la almohada. Ni Luc ni Murciélago sino una tercera opción, un tercer limbo extraño y nuevo. Está harta. Está harta de esto, está harta de todo.

Cuando los colmillos vuelven al rostro de Luc, cuando vuelve a ser el Murciélago, Lucy no lo rehúye; pero cuando le clava los dientes en el cuello ella hace lo propio con las uñas en la mejilla izquierda. El Murciélago no se queja, pero le aparta las manos. Tarde. Tarde, porque los arañazos le han atravesado la piel hasta hacerlo sangrar. Así lo reconocerá. Al menos cuando acabe esta pesadilla, cuando esté mirando a Luc tras ella, sabrá que es él por la ausencia de esta herida; y, si lo repite siempre… Podría repetirlo siempre, ¿no? Sería una buena forma de discernirlo… a no ser que su mente borre los arañazos sin previo aviso…

Pero lo que ocurre es lo contrario: su mente se niega a eliminarlos, a despertarse. El Murciélago no se retira: se queda apoyado contra la pared. Los colmillos desaparecen, pero no los arañazos. Le pregunta cómo está, igual que Luc; la orienta tras las pesadillas, igual que Luc; le trae comida y la anima a comer y beber, igual que Luc; se sienta a su lado y la abraza y le aprieta las manos, igual que Luc; lo hace todo, todo, todo, *todo* igual que Luc.

Incluso tenderle una pluma mojada en tinta y una hoja en blanco apoyada en la cubierta de un libro. Incluso decir:

—Deberías escribirle a tu padre.

Eso es lo que la convence, lo que termina de romperla del todo. Luc con los dientes de Luc, actuando como Luc, diciendo algo que *solo* ha dicho Luc, pero con la herida del Murciélago. Lucy gira el espejo hacia él con disimulo. No hay reflejo.

Esto es imposible. Esto es imposible incluso para ella. Se lo queda mirando y dice:

—Conozco mi locura. —Conoce la tristeza anidada en el pecho, el peso encadenado a los hombros, la cabeza cargada y repleta de ideas nocivas sobre sí misma y el valor de su vida. Conoce la muerte de los placeres, las pesadillas, la intrusión y lo vivido de los recuerdos como si fueran el presente, el impulso de herirse y el alivio de hacerlo y la resistencia y la convicción necesarias para no repetirlo. Conoce el anhelo de la muerte y todos los trucos para resistirlo. Conoce la desconexión despersonalizada de su cuerpo, tan escasa y sin embargo tan clara—. Esto es… Esto no soy yo. ¿Qué..? ¿Estoy drogada…? ¿Has tenido que… *medicarme…* y no me acuerdo…?

—No —responde él con suavidad—. No te he dado nada. ¿A qué te refieres con *esto*?

—A ti.

—¿A mí…?

—A los arañazos que tienes en la cara.

—Lucy, no tengo nada en la cara. ¿No será como tu herida del cuello y…?

—¡No! —Gira el espejo hacia él sin ningún disimulo—. ¡Tampoco tienes reflejo!

El vidrio se rompe. Lucy da un respingo, los añicos aún encajados en el marco. Luc tiene la cara retorcida en una mueca. Enfado.

Enfado y miedo. Y luego, preocupación.

—¿Estás bien?

—¿Sí…?

Miedo de nuevo.

—Maldita sea… Debí esconderlo en cuanto llegaste…

¿Qué?

—Explícamelo. Luc, por favor —solloza—, explícamelo. ¿Qué es? ¿Qué me has dado? Lo entenderé. Entenderé si has tenido que esconderme algo en la comida, pero dímelo… Necesito saberlo… Necesito *entender* qué me está pasando…

Él mascuIla:

—Es por la plata.

—¿Qué?

—Lo del reflejo. La plata repele lo sobrenatural. Es lo único que puede matar a los licántropos, por ejemplo… Por eso tu espejo no me refleja, porque está bruñido en plata.

Eso no tiene ningún sentido.

—Como todos los espejos, pero en el resto sí tienes reflejo…

—Los míos no. El bruñido es de bronce. Los encargué yo mismo.

Lucy gira su espejo y se queda mirando el vidrio roto. Lo sobrenatural, ha dicho. El espejo se ha roto solo.

—¿Pero cómo…? ¿Qué…?

—¿Cómo lo he roto? —Luc abre y cierra los puños. Suena agotado—. Creo que el mundo sabe que no debería estar en él. Cuando estoy… —Se mira las manos, los pies, al suelo, al techo, a cualquier lugar excepto a ella—. En las pocas ocasiones en que tengo miedo, el mundo suele reaccionar a él.

¿Miedo? ¿Miedo de qué? ¿De ella? Pero si solo le ha pedido que le explique… ¿Pero cómo va a haberlo hecho él?

Debe ser otra pesadilla. Lucy deja el espejo en la mesita de noche, se abraza las rodillas y hunde la cabeza entre ellas. Nota a Luc sentarse a su lado y dejar las cosas sobre el colchón… Pero no, no es Luc, ni tampoco el Murciélago. No quiere mirarlo más.

—Deberías escribirle a tu padre. Aunque solo sea una frase…

Lucy apenas puede contener un sollozo.

—¿Y qué voy a decirle? ¿Que he perdido la cabeza por completo?

—Eso no es verdad.

—¡Sí que lo es! ¡Ni siquiera sé quién eres!

—Soy Luc. Tu amigo.

—No. Eres como él, pero no eres él. He estado soñando… con alguien con su cara, pero colmillos como los de un murciélago… y… y siempre eran cosas horribles, cosas espantosas, cosas que él nunca haría, y tú… Tú igual. La última vez le arañé la cara y

ahí estás y… y todo lo que has dicho sobre lo sobrenatural… Esto no es verdad. Y ya no sé cómo distinguir
una cosa de otra, cómo…

—Lucy. —Nunca lo ha oído tan triste—. Sí que
es verdad.

—¡No! ¡Lo del espejo…! Lo del espejo es imposible.

—Lucy, mírame.

¿La obligará si no lo hace? Quiere evitar todas las
perversiones que pueda sobre la persona de Luc, así
que alza la cabeza. El Luc que no es Luc le enseña los
dientes. No es una sonrisa, pero tampoco una mueca.

No lo entiende hasta que los colmillos superiores se alargan. Poco a poco, despacio, hasta alcanzar la
longitud perfecta para morder y desgarrar.

—Soy yo. Esas… cosas horribles que dices que
has soñado… —Se estremece—. Yo nunca te haría
daño. Pero soy yo, siempre he sido yo. Hubiera preferido… Pero no puedo dejar que pienses que… que
estás peor de lo que estás. La herida del cuello es real.
Te la hice yo.

Una mentira. Una mentira sobre otra mentira
sobre otra mentira sobre otra mentira. La herida del
cuello… Lucy se lleva una mano temblorosa a ella. Era

mentira que no podía verla, que no estaba ahí. Algo tan evidente… tan notorio… e incluso eso era mentira. Incluso en eso la ha engañado. Incluso en eso lo ha creído por encima de sí misma.

«El papel se da a las mentiras», pero aquí no hay papel, solo ellos dos. Solo ellos y el compendio de mentiras que Luc le ha dicho a la cara. ¿Y entonces lo del espejo…?

¿Entonces es verdad? ¿*Todo* es verdad?

—Mi padre. —«Es culpa tuya» y los colmillos hundidos en la herida abierta y lo inerte del cuerpo—. Lo… —«Es culpa tuya»—. ¿Cómo pudiste…?

Luc frunce el ceño.

—¿Cómo pude qué?

—Ya lo sabes. —¿Cómo puede ser tan cruel?—. Cuando vino a llevarme a casa.

—Eso debió ser una pesadilla. No lo he visto desde que se marchó después de acompañarte aquí.

—Mentira.

—Mira, si ayer me trajeron una carta suya, la tienes en la mesita. Te la leí. ¿Quieres que vuelva a leértela?

Se inclina hacia el mueble y, al hacerlo, hacia ella. Lucy se aparta como movida por un resorte, el miedo y el rechazo dominando la apatía.

—Dijiste que odiabas verme sufrir y que él era el causante de buena parte de mi sufrimiento… Te acogió en nuestra casa…, confió en ti… ¡¿Cómo pudiste…!?

Luc se la ha quedado mirando con expresión descompuesta.

—Sí que odio verte sufrir, pero sé que él es importante para ti. Soñaste que le hacía daño, ¿es eso? Sé cuánto te dolería y te afectaría algo así. Nunca le haría daño y a ti, tampoco. No tienes nada que temer de mí.

¿Cómo se atreve? ¿Cómo se atreve a seguir intentando manipularla con sus mentiras?

—¡Mentira! ¡Mentiroso! ¡Llevas semanas…! —Ni siquiera sabe cómo expresarlo—. ¿Qué? ¿Qué es lo que has estado haciéndome? ¿Beberte mi sangre? ¿Por eso querías que viniera, porque *sabías* que podías engañarme sin esfuerzo? ¡¿Por eso empezaste a escribirme!? ¡¿La hija loca del señor Wright, una presa perfecta que ni siquiera notará que la estás matando!?

—No. *No*. Lucy, escúchame. Déjame explicarte…

—¡¿Para que puedas seguir mintiéndome!? No voy a volver a escucharte *nunca*.

Luc está temblando.

—Yo *nunca* bebería de ti. Eres mi amiga…, mi igual…

—¡Mentira! ¡Has estado haciéndolo!

—*No*. He estado… —Engarfia las manos—. Por mis venas no corre sangre sino una ponzoña para todo lo vivo. He estado inyectándotela poco a poco…

—Envenenándome —comprende ella de golpe. De ahí el dolor, de ahí el frío—. Envenándome para matarme.

—No. La forma en la que actúa… Convierte tu sangre en la misma sustancia. Cuando sea todo lo que te quede en las venas, serás como yo. Te estoy convirtiendo.

Lucy se queda rígida. Convirtiéndola.

Convirtiéndola ¿en qué?

—¿Qué?

Luc alarga las manos para cogerle las suyas. Lucy está demasiado atónita para reaccionar, demasiado conmocionada. Templado. Templado y no frío.

Por dios, ¿pero qué…?

—Escucha —susurra Luc—. Escucha y piénsalo. Yo no puedo morir. Mi cuerpo ya está muerto, murió hace mucho tiempo: no puedo sentir ninguna sensación física, ni placer ni dolor..., tampoco necesito dormir ni...

—La muerte de los placeres —recuerda ella—. Te referías a *esto*.

—Sí. No me corre sangre por las venas con todo lo que ello implica. Y aun así estoy vivo. —Sonríe con tristeza—. Piénsalo, piénsalo sin juzgarlo: solucionaría todos tus problemas. No necesitarás dormir: se acabaron las pesadillas. No podrás sentir dolor ni nada parecido: se acabaron los impulsos de hacerte daño. No podrás morir ni aunque lo intentes. En tu caso además dejarás de menstruar. Tiene algunas desventajas, pero son una nimiedad en comparación con lo que te he dicho. No podrás tocar la plata ni verte reflejada en nada que la contenga y no podrás cruzar umbrales ajenos sin haber sido invitada... las heridas, si te haces alguna, no sanarán... y tendrás que alimentarte de sangre, pero puedo cazarte yo, no te imagines nada inmoral, es como comer carne animal, pero en vez de la carne ingieres la sangre... —Le aprieta las manos—. Esto es lo mejor para ti. Lo estoy haciendo por tu bien.

Lucy no puede soportar mirarlo. Cuidado (lo que ella creía que lo era) convertido en perjuicio, pero sin abandonar el cariño. El hartazgo mutaría el cuidado en negligencia, pero esto es peor, porque el cariño antepone el egoísmo a su bienestar.

Lo que acecha tras la calma de Luc no son los colmillos ni la eternidad antinatural ni el veneno que le corre por las venas. Lo que acecha, el verdadero horror, es esta disposición a imponerle su voluntad con el pretexto de la preocupación y del cuidado. El despojo de toda autonomía, el decidir por ella, pero sin ella.

Igual que despertar encerrada e inmovilizada por las correas.

O peor, porque en él confiaba plenamente.

—¿Por qué no me lo dijiste? —solloza. ¿Cuándo ha empezado a llorar?—. ¿Por qué me has mentido?

—No me habrías creído… Y, si lo hubieras hecho, te habría espantado. —Nunca lo ha oído tan triste—. Pero ahora… —Le suelta las manos y le coloca una tras la nuca. Lucy se queda rígida ante el contacto, se encoge cuando él acerca los dientes a su cuello—. Tranquila. —Luc se separa para mirarla a la cara—. No tienes nada que temer de mí. Calculo que en un par de veces más habremos terminado…

—No…

—Es por tu bien.

—No quiero.

Luc aprieta la mandíbula.

—Estate quieta. Es por tu bien. Cuando esté hecho lo comprenderás… Entonces me lo agradecerás.

Ah. *Ah.* Por supuesto: ¿cuándo ha importado lo que ella quiera?

Los añicos del espejo siguen en su sitio. Lucy arranca uno de ellos de cuajo y lo empuña. Luc no se molesta en apartarse. Inmortal y eterno, ¿para qué iba a hacerlo?

Pero el filo no era para apuntarlo a su cuello sino al de ella.

—Me mataré —amenaza con la piel rozando el vidrio—. Me conoces de sobra como para saber que estoy dispuesta a hacerlo. Aléjate o me mataré.

Luc alza las manos en señal de paz.

—Lucy, por favor…

—*Aléjate.*

Él aprieta la mandíbula y se levanta de la cama.

—Si esperamos mucho empezará a revertirse y habrá que volver a empezar… —Calla al verla levantarse. Lucy rodea la cama por el lado opuesto a él, llega al tocador y abre el cajón. Ahí está: la cruz de plata que le regaló su padre. Dios, su padre… No. No, ya habrá tiempo para pensar en eso después. Se arranca el colgante de Luc del cuello y vuelve a ponerse la cruz—.

Eso no va a servirte de nada. Puedo morderte en cualquier otro sitio…

—Entonces me mataré.

—Eso tampoco me detendría. Puedo transformar un cadáver si lo vacío de sangre y lo lleno con mi veneno…, pero no me hagas hacerlo. Volver a la vida así… —Se estremece—. Es lo más horrible que he experimentado y no recordarás nada de esta vida. Tendrás que adivinarlo y reconstruirlo todo a partir de lo poco que hayas dejado escrito…

—Mentira. Lo dices para que me rinda.

—Lo digo porque, después de centenares de años *así*, ese recuerdo aún me atormenta —escupe Luc—. Solo quiero lo mejor para ti.

A Lucy le tiembla el labio inferior. Centenares de años *así*.

—Entonces déjame en paz. Deja que me marche.

El vidrio del espejo del tocador se agrieta. Lucy se aleja de un respingo.

—¿Por qué? —Luc tiene las manos engarfiadas y la voz rota—. Del resto puedo entenderlo, pero tú… A ti nada te ata ahí afuera. Al mundo. ¿Por qué? —El marco se resquebraja—. No lo entiendo. ¿Por qué no quieres quedarte conmigo?

Miedo. Miedo en los ojos, miedo en la forma en que se encoge y se mueve, miedo en la voz. A Lucy le tiembla la suya al decir:

—Has estado mintiéndome…

Luc le da la espalda.

—Como quieras. Puedo esperar. Cambiarás de parecer. Acabarás entendiendo que esto es por tu bien, que quedarte es lo mejor para ti. —Y, entre dientes—: Todas las puertas y ventanas por las que puedes salir están cerradas. Estaré en mi puerta, pero, incluso aunque no lo estuviera, no merece la pena que te canses intentando huir.

El espejo no aguanta el golpe del cierre de la puerta: el vidrio cae sobre el tocador en avalancha. Lucy no se atreve a soltar el añico. Vuelve a la cama, se aovilla contra el cabecero, siempre mirando a la puerta y con el filo siempre al cuello, con una certeza retumbándole en las sienes con fuerza: si a Luc no le importara, la amenaza no habría funcionado.

12. No sufras por ello

Ayer. Ayer, ayer, ayer, ayer. Luc ha dicho que le trajeron la última carta de su padre *ayer*. Desde luego es su caligrafía, desde luego son sus palabras, desde luego podría haberla escrito él. ¿Lo hizo? ¿Lo hizo o es obra de Luc? Ya ni siquiera sabe cómo llamarlo: Luc, Claude, Audric, Murciélago, Vampiro, cualquier nombre se le antoja demasiado familiar, demasiado cercano, demasiado íntimo; desearía no tener que pensar jamás en él para no tener que nombrarlo. Pero su padre. Su padre y su carta. La compara con las anteriores, pero no hay rastro de diferencia alguna.

Luc ha dicho que se la leyó. ¿Lo hizo? Lucy relee las palabras para sí: «Querida hija… que estés empeorando… sé fuerte… alejado… No sufras por ello». Evocan un vago recuerdo en su mente… ¿o es que Luc la convenció de que lo había hecho? ¿Es esto otra mentira?

«Es culpa tuya». ¿Cómo va a confiar en su palabra?

¿Cómo no va a hacerlo, si es todo lo que tiene?

«No sufras por ello». ¿Su padre diría esto, lo diría así? ¿Sí? ¿No? ¿Tal vez?

Si eso fue un sueño... Si eso fue un sueño, ¿qué más lo fue? Beber de Luc hasta matarlo, seguro; ¿pero qué más? ¿Hay algo más? ¿Hay algo más que esté pasando por alto, algo oculto, algo obvio? ¿Qué es? ¿Qué es? ¿Qué es?

Está cansada de sostener el pedazo de espejo. Con cuidado para no cortarse la mano, lo suficientemente cerca como para clavárselo en el cuello si Luc irrumpe y se abalanza sobre ella, lo suficientemente lejos como para no herirse por error. *Por error*. Dios, qué muestra tan inequívoca de mejoría, tener los medios y el motivo para matarse y no sentirse tentada ni un ápice, sentir rechazo e incluso miedo de la cercanía del filo; y qué inoportuno que ocurra justo aquí, justo ahora, cuando la muerte lo solucionaría todo. O tal vez no. Tal vez no porque lo que Luc ha dicho sobre transformar un cadáver puede ser cierto; tal vez no porque no *quiere* morir. Ojalá no acabe nunca este ímpetu catalizado por las mentiras y la verdad, por la indignación de saberse engañada y manipulada, por el impulso de demostrar el error. ¿La eligió por su vulnerabilidad? ¿Acaso su padre habría tenido agallas para amenazarse como ha hecho ella? No. Se habría resistido, lo habría apuñalado *a él* y no habría servido de nada porque no puede sentirlo, igual que no sirvió de nada que ella lo arañara, y habría acabado mordido de nuevo y convertido al final.

¿La eligió por su locura? Hará de ella su salvación.

«No sufras por ello». ¿Su padre diría esto, lo diría así? ¿Tal vez? ¿No? ¿Sí?

«La plata repele lo sobrenatural». ¿Qué pasaría si lo apuñalara con este filo, entonces? ¿Qué significaría «repeler»? ¿Y si le pusiera la cruz al cuello?

Qué absurdo. Despertará en cualquier momento… con los espejos enteros, con Luc reflejado en el suyo y con la cara ilesa, sin rastro de sus arañazos… en casa, con su padre, en casa…

Pero, cuando Luc se choca con la puerta cerrada con pestillo al ir a entrar, ella aún tiene la cruz al cuello y el filo en la mano, cerca de la garganta. Luc tiene el descaro de tocar a la puerta.

—Vete.

—Te traigo el desayuno.

A saber qué droga ha escondido en la comida. Para morderla solo necesita unos minutos de quietud, de desmayo.

—No lo quiero.

—No conviene que ayunes. Últimamente has tenido menos hambre por la transformación, pero si no me dejas…

—No lo quiero.

Un silencio.

—Lo tienes en el suelo, por si cambias de opinión. ¿Quieres que le diga algo a tu padre de tu parte?

—¿Qué? —Lucy se levanta, toda tensión—. ¿Mi padre está aquí? ¡No te atrevas a…!

—No está aquí, Lucy. Voy a escribirle para que no se preocupe. O puedes escribirle tú y pasarme la carta por debajo de la puerta, si quieres.

¡Sí! Sí, por dios, sí. Puede escribirle. Puede escribirle para que venga y la saque de aquí y la lleve de vuelta a casa…

… y lo expondría a Luc. Se queda inmóvil, rígida por la revelación. Lo expondría al peligro, a la muerte segura. No puede pedirle que venga.

No puede pedirle que venga ni aunque esa sea su única esperanza, su única escapatoria.

Pero no cuadra. Ayer. Ayer y hoy y… Pero ayer. Ayer, ayer, ayer, ayer, ayer.

¿No le escribía semanalmente?

—¿Tan pronto vas a volver a escribirle?

—La última vez lo hice yo y no tú. Estará preocupado… Imagino que aún no habrá recibido la carta, pero se preocupará cuando lo haga. No quiero arriesgarme a que la falta de noticias le inquiete y se plante aquí sin avisar.

¿No quiere arriesgarse? ¿Qué riesgo hay para él?

Escribirle y pasar la carta por debajo de la puerta… No habría peligro, ¿o sí?

—Le escribo yo.

—Mejor. Se quedará más tranquilo.

Luc dejó la pluma y el papel sobre un cuaderno a los pies de la cama y ahí siguen. Lucy se estira para cogerlos. La tinta se habrá secado e inutilizado la pluma… Ah, no: Luc rayó el papel y la gastó toda. ¿Dónde está el tintero? En el escritorio. Lucy no quiere darle la espalda a la puerta, por muy cerrada con pestillo que esté. Avanza caminando de espaldas hasta chocar contra el tablero y busca, con la mano libre y sin mirar, el frasco, y cuando lo encuentra vuelve a la cama. Moja la pluma y escribe:

Querido padre,

Y se queda en blanco. ¿Querido padre, qué? ¿«No vengas»? ¿«Estoy mejor»? ¿«Estoy atrapada, pero no vengas»? ¿Cuánto tiempo podrá sostener la mentira? ¿Cuánto tiempo aguantará en ayunas? ¿Cuánto tiempo tardará Luc en tirar la puerta abajo?

¿Cuánto tiempo hasta que muera? ¿Podría librarse de la conversión si se destroza lo suficiente? ¿Si Luc encontrara su cuerpo despedazado, cada extremidad separada del torso, podría convertirla? No, pero eso no podría hacerlo sola. ¿Y si se decapitara? ¿Le escribiría Luc a su padre entonces? ¿«Su hija está muerta, señor Wright, venga a recoger su cadáver»? ¿Era ese su plan desde el principio? ¿Para qué iba a quererla a ella, una eternidad al cuidado de una demente? Su padre es mucho más apetecible. ¿Este era su plan desde el principio, matarla, matarla de una forma u otra y aprovecharse del luto y del dolor para forjar lazos con su padre, acercarse a él disfrazado de consuelo? Si lo que quiere es compañía... una perversión de la amistad, alguien que nunca se marche de su lado... ¿No mencionó ella en sus cartas que su padre es un hombre increíblemente hogareño? ¿Cómo volver a casa, a una casa llena de recuerdos de ella, tras su muerte? Qué atento, por parte de Luc, el ofrecerle quedarse aquí hasta que cese el pesar. Qué predecible que el pesar nunca cese, que la perspectiva de volver a casa se torne cada vez más insoportable, que alargue la estancia todo lo que su anfitrión le permita y su anfitrión, claro, se lo permita todo: incluso quedarse *para siempre*.

Qué retorcido. Qué obvio. ¿No estaba la sala de los retratos llena de cuadros de las *amistades* de Luc? ¿Fue así con todas? ¿Habría alguna que aceptara la conversión de buena gana, que consintiera a todo esto, y se marchara una vez adquirida la inmortalidad? ¿Por eso nunca quiere hablar de ellas? ¿De ahí el miedo ya no a la soledad sino al abandono? ¿De haberlo dado todo y haber sido traicionado, de sentirse utilizado?

«A ti nada te ata ahí afuera. Al mundo».

Adquirida la eternidad, ¿quién querría pasarla viviendo en este castillo sino su padre, con su amor por la morada? ¿Quién sino Luc, para quien siempre ha sido su hogar?

¿Qué debería escribirle, cómo advertirle para que la escuche? «No vengas ni aunque me muera» solo conseguiría asustarlo y hacerlo venir con celeridad. ¿Los transformaría Luc a ambos, dada la oportunidad?

¿Cómo advertirle? ¿Cómo advertirle para que la obedezca cuando nunca la escucha?

«Es culpa tuya».

¿Y si está muerto? ¿Y si eso fue verdad? ¿Y si su última carta es obra de Luc, y si copió su caligrafía a la perfección, y si caló su carácter para poder hacer esto? ¿Y si está muerto? ¿Y si está muerto por su culpa? ¿Y si estará muerto por su culpa?

¿Y si le cuenta, en líneas generales, lo ocurrido? Que Luc ha estado engañándola…, que es peligroso…, que no está a salvo ni lo estaría él si viniera… ¿La creería? ¿La creería o lo achacaría todo a la locura?

Y entonces se percata de que nada de esto importa. Podría escribir la carta perfecta y nunca llegaría. La pasaría por debajo de la puerta, Luc la quemaría en la chimenea de la sala de los retratos y le diría que la ha enviado. Otra mentira. ¿Cuántas van ya?

La única forma de asegurarse de que se ha enviado sería hacerlo ella misma.

Y aun así primero tendría que escribirla.

Lucy relee lo que lleva escrito, forzando la vista por la oscuridad: «Querido padre». Si tuviera un candelabro… Acabará doliéndole la cabeza…

Oscuridad. ¿Oscuridad? Es de noche. Es de noche, pero Luc… Luc ha dicho que le ha dejado fuera el desayuno. ¿Desde hace cuánto? ¿Desde hace cuánto es de noche?

No. No, será una de sus artimañas para confundirla. No puede dejarse engañar otra vez…

¿Pero qué hora es? Las nueve. Las nueve de la mañana. Las nueve de la mañana y oscuridad fuera, oscuridad en el cielo. ¿Desde hace cuánto? ¿Cuándo anocheció?

Luc no ha podido cambiarle la hora al reloj, se habría dado cuenta…, ¿o no?

Olvidada la carta, se centra en el reloj. Las nueve, las nueve y media, las diez. Las doce. Las dos. Luc le deja la bandeja con la comida en la puerta. Las cinco.

Las nueve otra vez. La cena.

El desayuno. Y las nueve otra vez.

Y el cielo, oscuro. Oscuro veinticuatro horas seguidas, oscuro un día entero. Esto es imposible. Esto es imposible del todo.

Pero los espejos se rompieron solos. ¿Qué fue lo que dijo Luc? ¿Que, en las pocas ocasiones en que tiene miedo, el mundo suele reaccionar a él? Pero esto no puede ser obra suya, ¿verdad?

¿Verdad?

Un golpe suave en la puerta.

—Lucy, deberías comer algo.

—¿Qué estás haciendo?

—Nada. Me preocupa que no comas lo…

—No. En el cielo. En el mundo.

Un silencio largo, largo, larguísimo.

—Estoy esperándote.

Esperándola. ¿Es eso lo que está haciendo el mundo? ¿Esperar, esperar a que él deje de esperarla? ¿Cómo? ¿Habrá detenido la Tierra su rotación y su traslación? ¿Se habrá paralizado todo, todo movimiento periódico, todo lo cíclico, o todo en absoluto?

—No puedes hacer eso.

—No puedo evitarlo. Ya te dije que el mundo reacciona a mí.

A su miedo. ¿Tan asustado está?

¿Por qué debería creerlo? ¿Por qué debería creer que es a su miedo y no a su ira o a su impaciencia? Más allá: ¿por qué debería creer que es involuntario?

Podría ser intencionado. Podría ser para asustarla…, para chantajearla…, para…

Y si llegara a convertirla, ¿cómo reaccionaría el mundo a ella? ¿A sus miedos, esos que siempre tiene presentes? ¿Se partirían en dos todas las ataduras, se volvería imposible contener a los demás?

¿Se volvería imposible mentir y manipular?

Debe ser mentira, debe ser intencionado. Si el mundo reaccionara de esa forma ante todos los miedos vampíricos, sería un lugar diferente. Sería más notorio, alguien lo habría notado antes…, ¿no? ¿Pero cómo? ¿Cómo va nadie a sospechar, ante una noche alargada y antinatural, de alguien en concreto, alguien que nunca ha levantado sospechas? ¿Cuántos como él existirán? A Luc tuvo que convertirlo alguien… y alguien tuvo que convertir a ese alguien… y sus amistades, puede que a alguna sí llegara a convertirla y lo abandonara después…

No, tiene que ser intencionado. Otra mentira. ¿Cuántas van?

¿Y su padre? ¿Se habrá alarmado ante la noche sin fin? ¿Quién no se alarmaría ante algo así? ¿Estará preparando su partida hacia aquí? ¿Habrá partido ya?

—Quiero enviar la carta yo misma.

—No. Ve acostumbrándote a delegar ciertas cosas…, dudo que te inviten a entrar en la oficina postal.

¿Que la inviten a entrar? ¿Y por qué tendrían que…?

Los umbrales. «No podrás cruzar umbrales ajenos sin haber sido invitada».

Él nunca entra. Se queda fuera, esperando. «No soy bienvenido allí».

Dios. Dios, ¿podría ser así de simple? ¿Podría un paso en el lugar adecuado ser lo único que hace falta para escapar de esto, de él?

—Luc, por favor. Quiero enviarla yo.

—La enviaré como he hecho con todas las demás, no te preocupes por…

—No es por eso. Quiero… —¿Qué? ¿Qué podría convencerlo de dejarla ir, aunque fuera acompañada por él, como la primera vez?—. Quiero ver el pueblo, pudiendo ir a todos lados, una última vez antes de que me conviertas. —Inspira hondo—. He estado pensándolo…, creo que es lo mejor. Quiero que lo hagas. Dijiste que tenías que morderme dos veces más, ¿no? Puedes hacerlo ahora y después de que vayamos…

—¿Qué? ¿De verdad?

—Sí. Eran dos veces más, ¿verdad?

—Aproximadamente, sí…, no es una ciencia exacta…, dos como mínimo… ¿De verdad…?

Como mínimo. Bien.

Lucy deja el trozo de espejo sobre la cama, descorre el pestillo y abre la puerta.

Luc está plantado frente a ella. Le cambia la cara al verla. Da un paso hacia ella y Lucy tiene que hacer acopio de todo su coraje para no retroceder, pero solo es un abrazo. Luc la estrecha contra sí con fuerza.

No puede llorar, porque su cuerpo está muerto, pero a Lucy no le cabe ninguna duda de que, si pudiera, lo haría.

—No sabes cuánto me alegro de que lo hayas reconsiderado. De verdad que es lo mejor para ti. ¿Quieres ahora… o más tarde…?

Cuanto antes, mejor. Lucy se descuelga la cruz. Si repele lo sobrenatural… ¿Qué pasaría si…?

Luc aparta la mano cuando la plata le roza los nudillos. Apenas la ha movido unos centímetros. La mira con expresión severa, decepcionada, y se aleja un paso.

—¿Para eso querías que me acercara…? —masculla.

—No…

—No soy un monstruo ni algo con lo que experimentar. Soy como tú. —Su voz es una mezcla de pena y desesperación—. Soy como tú pero un poco diferente. *Esto* ni siquiera fue elección mía…

«Tampoco mía».

—Como todos los monstruos —murmura ella. Luc la mira aún más dolido—. No, me refería… No lo decía en ese sentido. —Traga saliva—. Yo también soy un monstruo para según quiénes. —Por las cicatrices, por lo que tiene que contenerse para no hacerse, por todo lo que se ha hecho ya, por la forma en que funciona su mente, por algo tan intrascendente (ojalá lo fuera) como que no le importe el género en la atracción—. Por ser diferente. Lo entiendo; no creo que lo seas. Quería… Perdona, debería haberte preguntado… Pero quería verlo. Fue un regalo de mi padre. Pensar que no voy a poder volver a llevarla… —El estremecimiento no tiene que fingirlo—. Quería ver cómo me reaccionará el cuerpo si lo intento.

Luc frunce el ceño y asiente con la cabeza, despacio.

—Podría encargarte una igual, pero de oro.

¿Cómo negar la humanidad de su detallismo, de su preocupación, de sus gestos, de todos sus actos? ¿De su miedo, tenga las consecuencias que tenga en el mundo? ¿Hay algo más humano que el terror al rechazo?

Si no le hubiera mentido ni la hubiera manipulado... Si no estuviera dispuesto a cometer las barbaridades más humanas... Si no las hubiera cometido ya... ¿Cómo no imaginárselo? ¿Cómo no imaginárselo y no temblar ante la perspectiva de lo que podría haber sido, una amistad sincera, con todo lo que ha hecho Luc por cuidarla, a pesar de todo? Lucy podría haber hecho de este castillo su hogar.

Si no la hubiera engañado y herido. Si le hubiera preguntado.

¿Cómo ha podido...? Sabiendo todo lo que sabe sobre ella, conociendo tan detallada e íntimamente sus miedos, ¿cómo ha podido hacerle *esto*?

—No sería lo mismo. —Lucy tira la cruz sobre la cama, inspira hondo y le ofrece el cuello—. Adelante.

Luc tarda en aproximarse. Le pone una mano templada en la nuca y la acerca, despacio, sin dejar de mirarla, como si estuviera escudriñándola en busca de cualquier señal de asco o rechazo. No piensa dársela. No piensa dársela porque el horror no es esto, no son los colmillos alargándose ni clavándose en el cuello ni el frío invadiéndola ni el dolor tan intenso que tiene que aferrarse a él para no caerse (y él la aferra a ella para que no se caiga). No. El horror, lo que protagonizará sus pesadillas desde ahora hasta el día en que muera, es lo otro. Todas las veces en que lo ha hecho a la fuerza. Todas las veces que la ha engañado y que se ha aprovechado de su dificultad para discernir realidad de pesadilla de alucinación.

Luc la observa con atención al separarse de ella, los colmillos goteando rojo. Si no estuviera tan exhausta, dolorida y helada, se lo reprocharía. ¿Qué iba a espantarla de esto? ¿La sangre? ¿La sangre, cuando ella se ha hecho cosas peores, cuando le ha hecho cosas peores a él en sueños?

¿Tan difícil era confiar en ella? ¿Conociéndola, conociéndola como la conoce?

Luc afianza el agarre en su espalda.

—¿Estás bien?

—Estás... cálido.

Ni rastro de los colmillos en su sonrisa.

—Eso es buena señal. Debemos estar muy cerca. ¿Has llegado a escribir la carta?

—No, iba a hacerlo luego. Ayúdame a llegar a la cama...

Luc asiente con la cabeza y lo hace. Le coloca las almohadas, la arropa con las mantas, le tiende el papel apoyado en el cuaderno y la pluma, se sienta a su lado y se queda observándola, velándola. Lucy aún no ha decidido qué escribir. Le toca una mano. Luc la mira con curiosidad.

—No tienes que esconderte. —Podría callarse, debería callarse, pero siente que le debe algo, algo antes de marcharse, algo a cambio de todo el cuidado, algo a pesar de las mentiras. O tal vez quiera que, cuando lo abandone, lo atormente lo que podría haber sido si no se hubiera extralimitado—. No tienes que sentirte avergonzado de… de lo que eres. No me importa verte los colmillos.

—No quiero incomodarte…

—No me incomodas.

Luc tarda en mostrarlos, en mostrarse tal cual es para simplemente ser sin ningún propósito. Ah. Eso es lo que podría haber sido: libertad para ser. Libertad para ambos. Las cicatrices, los colmillos. Qué tristeza. Qué tristeza que no pueda ser, que nunca pueda ser en ningún lado ni con nadie, que todos quieran imponer su voluntad de una forma u otra. ¿Tan difícil es dejar ser?

Luc le aprieta la mano.

—Ya no sé qué haría sin ti.

Lucy cierra los ojos para no verlo, para no llorar. ¿De verdad era tan difícil respetarla, de verdad era tan difícil hacer las cosas bien?

«Yo tampoco sé qué voy a hacer sin ti».

13. Confía en mí

Luc no ha mirado nunca nada con tanta desconfianza como la oficina postal en cuanto asoma por el horizonte. Lucy le aprieta la mano y le sonríe, la carta en la otra mano, pero ni siquiera eso alivia su ceño fruncido. Está convencida de que la reacción del mundo no es a su miedo, sino que lo hizo de forma controlada; ¿por qué si no iba a reanudarse todo en el momento preciso, para que siga amaneciendo y atardeciendo a las mismas horas, como si nada hubiera ocurrido?

Luc se pega a ella cuando llegan junto al umbral.

—¿Seguro que no quieres que la envíe otra pers…?

—Seguro. —Se separa de él—. Confía en mí.

Él asiente y le besa el dorso de la mano.

—Lo hago.

Lucy da un paso. El interior, vacío como siempre a excepción de la encargada que siempre la atiende, tras el mostrador.

A dos pasos de distancia, fuera, al otro lado del umbral, Luc. Era verdad. Es verdad que esto puede protegerla.

—¡Señorita Wright! Ya estaba empezando a echarla de menos. ¿Cómo está?

—Bien. —Baja la voz—. Tengo una carta que me gustaría enviar. —Se acerca al mostrador y apoya los codos en él, sin soltar la misiva, y susurra—: Necesito un carruaje, pero sin que se entere el señor De Luc. Y necesito salir por otro lado, por donde no me vea.

La encargada no varía la expresión.

—Ay, y con la corriente que hace aquí dentro… Espere, que le cierro la puerta, no vaya a enfriarse aún más por mi culpa. —Sale de detrás del mostrador, cruza la oficina de dos zancadas y coge la manivela de la puerta—. Buenas, señor De Luc.

—Buenos días. ¿Puedo pasar?

—No.

Y cierra la puerta. Lucy la observa mientras vuelve tras el mostrador, maravillada por la entereza, por el aplomo inflexible, por la confianza que sustenta esa asertividad.

—Anderson estará aquí en breves, en la puerta trasera.

—¿Cómo…? Pero si no ha avisado…

La encargada alza las cejas.

—Sí he avisado, pero no esperará que le diga cómo. La señal dejaría de ser secreta.

—¿Tienen una señal?

La encargada la mira con lástima.

—No eres la primera que necesita irse *así*. No es lo más común y menos con él presente, pero… ocurre. La primera vez me pilló de sorpresa. Ya no.

A Lucy le da vueltas la cabeza.

—¿Y qué es lo más común?

—La mayoría no llega a irse, o al menos nosotros no les vemos irse. Y el señor De Luc sigue solo y sigue trayendo a gente nueva a cada poco. No sé de dónde os saca, la verdad. —Se encoge de hombros—. Cada uno tiene sus opiniones al respecto, pero eso es lo que hay.

Lucy no puede resistirse:

—¿Y qué opinas tú?

La encargada se inclina sobre el mostrador, encantada con el tuteo.

—Que para rechazar a alguien como él ya tiene que ser turbio lo que pase en ese castillo. Y que, aunque en ocasiones me pregunte si puede entrar, mi respuesta siempre le frena, que es más de lo que puedo decir de la mayoría. Es lo que hacen todos. Imagino que no querrás desvelar el misterio…

Lucy traga saliva.

—No.

—Ya. —La encargada le sonríe, tirante—. Nadie quiere hablar nunca de ello, la verdad. —Se la queda mirando—. Tú eres la que más ha durado. Pensábamos que ibas a quedarte.

—¿Y los que se van…? —¿Cómo preguntarlo sin que suene sospechoso?—. ¿Sabes si…? ¿Si llegan a su destino…?

La encargada se encoge de hombros.

—Si el señor De Luc se dedicara a perseguirlos y arrastrarlos de vuelta hasta aquí, no seguiría solo, ¿no crees? Y nos habríamos enterado.

¿Sí? ¿Se habrían enterado?

—¿Se sabe algo de lo que ocurrió el otro día…? ¿Esa noche que duró un día entero?

La encargada frunce el ceño.

—¿Cómo? ¿Una noche que duró un día entero?

Debiste soñarlo, porque nos habríamos dado cuenta…

Ah, así que no. Sea por lo que sea esta ignorancia, no, *no* se habrían enterado si Luc se dedicara a dar caza a quienes lo abandonan. Desde luego es una posibilidad, que la siga y la ataque en los espacios abiertos entre umbrales, entre bajar del carruaje (espera que el vehículo cuente como un umbral) y entrar a una de las posadas del camino o a su propia casa. Que la traiga a rastras…, que la mate por abandonarlo…, que la transforme, porque ya no sabe vivir sin ella.

Una mordida más, como mínimo, pero tal vez también como máximo. Deja la carta sobre el mostrador.

—Es verdad que quiero enviarla.

—Ah. Claro.

Lo pensó mucho antes de escribirla y no se ha separado de ella desde que lo hizo para que Luc no tuviera posibilidad de leerla. Lo cierto es que, si llegara a transformarla… No sabe nada de lo que ocurriría si llegara a transformarla; Luc le ha dado algún detalle, pero no es suficiente para imaginarse la vida *así*. Sobre todo por el hambre…, ¿o debería decir la sed? No puede olvidar la pesadilla en la que bebía de Luc, en la que él se cortaba para ofrecerle un poco y ella acababa drenándolo entero. Tal vez algo así no sea posible sin ser intencionado, tal vez todas esas imágenes de una sed incontrolable de sangre humana sean invenciones, tal vez sea como la sed humana… pero tal vez no. Tal vez no y no puede arriesgarse.

El cochero detiene el carruaje a dos pasos de la puerta trasera de la oficina postal. Lucy le pide que le abra la puerta, inspira hondo y toma impulso: uno, dos y ya está dentro. Ya está dentro y la puerta ya está cerrada y ya se están alejando, dando un rodeo para no pasar por delante de Luc. Aun así, se sienta en el suelo para no ser vista. Cuantos menos riesgos, mejor.

Desde ahí se ve el castillo, los pináculos de las torres que alcanzan el cielo. Tal vez debería haber advertido en el pueblo…, no, es mejor dar la alarma cuando esté a salvo. No sabe a quién aún, no sabe quién creería algo así, a *ella*, pero alguien… algo debe poder hacerse. Algo debe poder hacerse para que la sala de los retratos de Luc no siga aumentando en cuadros. «No sé de dónde os saca, la verdad». ¿Serían todas sus *amistades* como ella, con cierta inclinación a la locura? ¿Alguna quemaría su cuadro, como ella? ¿Son, en realidad, más de las que puede imaginar?

Espera ser la última. Si advierte con tiempo… Si da con las personas adecuadas… ¿Pero cómo saberlo? ¿Cómo saber si ha sido con tiempo suficiente, cómo saber si sus advertencias no caerán en saco roto? ¿Cómo saber que llegará a dar la alarma, que Luc no la interceptará antes de hacerlo?

¿Cómo creer que van a creerla siendo mujer y loca, *loca* del todo? O tal vez... Tal vez si adulterara la historia... Si dijera que... que el miedo que le echó en cara a su padre, cuando se escandalizó ante la falta de servicio del castillo, se ha cumplido... Nada como un escándalo sexual que *arruine* a una potencial esposa (¿qué más da ella? La tragedia es su futuro esposo) para despertar el interés masivo, nada como un *otro* al que cargarle las culpas propias (se imagina a Elías clamando «¡ese, ese de *ahí* es el canalla que *deshonró* a la señorita Wright!»). No se le ocurre otro modo... A nadie le interesaría lo que ha ocurrido, pero lo que ha ocurrido con esta mentira añadida... Con el apoyo de su padre, porque esta mentira se lo granjeará... Si él habla por ella, en su nombre, si la historia la cuenta él... El foco en él y no en ella: su pobre hija desvalida, la confianza rota, el monstruo en el castillo, que el resto piense en sus hijas, podrían ser la siguiente víctima de ese *monstruo*... A él sí lo escucharían. A ella no, ni siquiera con la misma historia, con las mismas palabras, ¿a quién le importan sus pesares?, pero a él sí.

Que la perdone. Que Dios le perdone la mentira, pero no se le ocurre otro modo de que la escuchen, de que la crean.

Espera ser la última de las *amistades* de Luc, pero, con todo, tiene el presentimiento de que no lo será.

14. Estoy segura

Estimado señor De Luc,

Le agradezco enormemente su última carta y que me haya informado con franqueza y sin tardanzas. Como ya le dije a mi hija, me mantendré alejado hasta que ella así lo considere. Que no sufra por ello.

Dígale que la quiero.

Dorian Wright

Padre,

Vuelvo a casa.

No me invites a entrar ni aunque te lo pida. Si no puedo hacerlo sin que me invites es que es mejor que no lo haga.

Confía en mí. Estoy segura de esto.

Lucy

AGRADECIMIENTOS

Nunca pensé que le agradecería la existencia íntegra de una obra mía a una única persona, pero aquí estoy: gracias a mi hermana, Inés Ruiz Gómez, por haberme pedido esta historia. Gracias por quejarte de que no encontrabas cierto tipo de ficción y gracias a mí por ofrecerme a escribirla, a pesar de alejarse tanto de lo que suelo crear. Gracias por detallarme todos los elementos que te hacía ilusión hallar y gracias a mí por no descartar ninguno, aunque no todos hayan tenido cabida en la versión final. Gracias por leerla como si fuera lo mejor que has leído nunca. La experiencia de dejar *Lo que acecha* en tus manos y verte disfrutar con la lectura tanto como yo con la escritura fue mágica.

Gracias a mi madre, que siempre me ha leído, y a mi padre, que me ha ayudado a mejorar. Gracias a mis amistades, a mi familia, a mi antiguo profesorado y a todas las personas que me han apoyado en la escritura directa e indirectamente y que han hecho posible que tenga, como decía Virginia Woolf, una habitación propia para poder escribir.

Pensaba que podría redactar una lista de longitud razonable, pero ahora me doy cuenta de que darla por finalizada sería imposible. Escribir, en mi caso, es un proceso solitario, pero vivir no lo es y mi escritura se nutre de la vida; nombrar a todas las personas que han hecho que merezca la pena vivirla sería, por fortuna, interminable. Confío en que sabréis reconoceros en estas palabras.

Gracias a todes, todas y todos mis referentes por mostrarme que nuestras voces e historias importan.

Y, ante todo, gracias a mí por no haberme rendido nunca a todo lo que me acecha.

ÍNDICE

¿TE GUSTARÍA SER UN AUTOR O AUTORA MINICLANDESTINA?

Si tienes un manuscrito de novela de género (western, ciencia-ficción, terror, fantasía, thriller, novela negra) de unas 20.000 palabras, tu obra puede formar parte de la colección de bolsillo de Orpheus.

Envíanos tu manuscrito: *editorial@orpheus.es*

ORPHEUS
EDICIONES CLANDESTINAS

❦

Este libro se terminó de componer
el 27 de junio de 2024, onomástica de
santa Gudena de Cartago, sometida
a espantoso martirio en el año 203.
Cuatro veces padeció el suplicio del potro,
fue lacerada con garfios, vejada con varias
pruebas en la cárcel y, finalmente, degollada.
Se cumplían, también, 146 años del nacimiento
de la poeta china He Xiangning, quien en 1924
organizó la primera manifestación en su país
por el Día Internacional de las Mujeres

❦

OTROS MINICLANDESTINOS

COLECCIONES INICIADAS

MULTIVERSO. Ciencia Ficción
221 B. Mundo Sherlock Holmes
TIERRAS SALVAJES. Relatos del Oeste
TIERRAS LIBRES. Fantasía
TRUE CRIME. Sucesos reales
LA GÜESTIA DELANTRE. Terror n'asturianu
UCRONÍA HISPANIA. Historia española alternativa
NOCHE DE PESADILLA. Terror